まだ終わらないで、文化祭

藤つかさ

Tsukasa Fuji

双葉社

装幀　大原由衣
装画　中野カヲル

八津丘高校　校舎

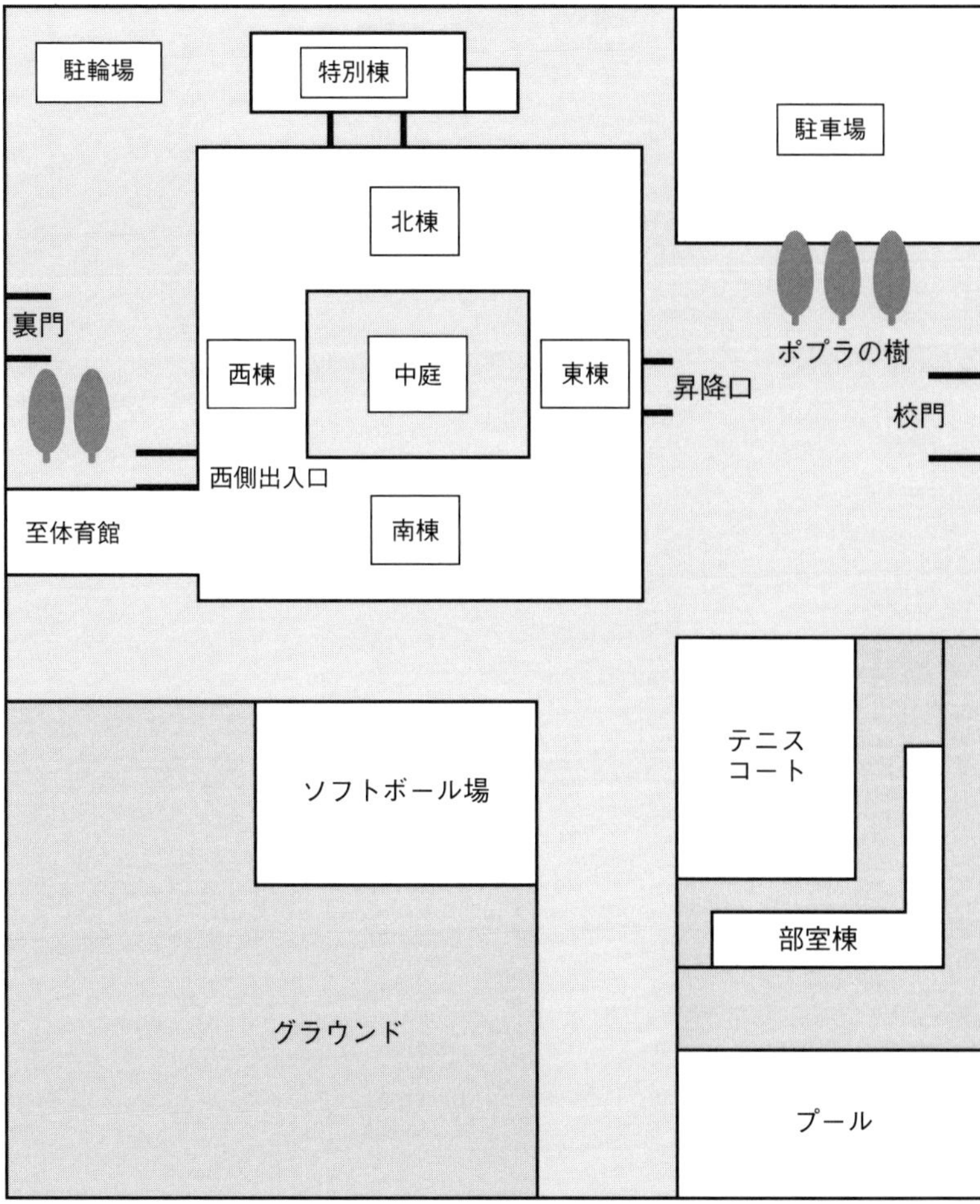
駐輪場
特別棟
駐車場
北棟
裏門
ポプラの樹
西棟
中庭
東棟
昇降口
校門
西側出入口
至体育館
南棟
テニス
コート
ソフトボール場
部室棟
グラウンド
プール

目次

プロローグ――文化祭前夜

＊　＊　午前〇時三十分

うまく眠れない。

枕元のペンギンの目覚まし時計は十二時をとうに回っていた。あたしはもともと寝つきが良い方ではないけれど、特に今日は眼が冴えていた。それは多分、もうすぐ文化祭が始まるから。それ以外に理由はない。

やるべきことは、準備した。

軽音楽部には根回しをしたし、放送部も快諾してくれた。自然科学部にいたっては、かかる費用は全て自分たちで何とかする、とまで言ってくれた。だからきっと、うん。大丈夫。

あとは、あたしの問題だ。

もう何度目か分からない寝返りをうって、諦めて勉強机のライトをつけた。相棒の白いシャープペンシルをノックすると、弛んだ空気がぴんと張った気がした。落ち着こうとして参考書を開くあたり、受験勉強に侵されてるな、と我ながら情けなくなる。けれど、こうして正解のある問題を扱っていると、心が落ち着くのだから仕方がない。

等比数列の問題を解いていると、三問目で眠気が忍び寄ってきた。陸上部のきつい反復トレーニングに似た疲労感が、脳の中でも起こっているのを感じる。

ようし、今なら眠れそう。

ベッドにすばやく滑り込む時、右手が無意識にスマートフォンを叩いていた。もちろんこんな時間に連絡なんて来ていなくて、それは当たり前のことなのに、物足りなく思っている自分を見出す。本当、我ながらなさけない。ため息がでそうになる。けれど、この情けない自分こそ、自分なのだった。

枕に頭をあずけて、目を閉じる。

文化祭があってくれてよかった。はしゃいでバカ騒ぎして非日常を味わって……。そういう風に酔えないと、あたしみたいな人間にはできないこともある。

明日から色々、うまくいくと良い。うまくいって、そうしたら——。

隠れていた睡魔が急にやってきて、あたしの思考の糸はそこで切れた。

文化祭一日目

＊市ヶ谷《いちがや》のぞみ＊　午前七時三十五分

その文字を見上げて私の胸が澄んだのは、秋の風が肺に入り込んだからだ。

第六十五回八津丘《やつおか》高校文化祭。

いつもはそっけない校門も、今日は色とりどりの化粧がほどこされていた。花飾りやリボンはふわりと揺れ、その隣には嘘みたいに大きいフクロウの造り物が鎮座している。アーチ状に掲げられた文化祭の看板を仰ぎ見ていると、胸の奥の爽やかさに、ビターな味が混ざった。

言うまでもなく、文化祭は楽しみだ。けど、高校三年生の私にとって最後の文化祭なわけで。

最後、という響きは、いつだって人を切なくさせる。

「のぞみじゃん。なにしてんの？」

登校する生徒の一人が、のんびりとした声で私を呼んだ。

「あ、おはよ。えっと……」

高校最後の文化祭だから感傷に浸っていた、と説明するのはなんだかためらわれた。だって、まだ始まってもいない文化祭を前にしてたそがれるっていうのは、やっぱりちょっと恥ずかしい。

私は肩をすくめてクールっぽく応じることにした。早起きして巻いた栗色の毛を首元にあてがうと、甘いピーチの香りがふわりと漂った。

「一応、私は文化祭実行委員だからさ。最後のチェックしとこうかなって」

「へー。のぞみって案外、そういう真面目なところあるよね」

友人はまじまじと私を見つめる。普段はさばさばしている彼女も、今日はカラーコンタクトを入れていた。そういえば、クラスの出し物で大正時代のカフェをするとか言ってたっけ。この子も給仕をしたりするんだろうか。

「案外ってなに。私もやる時はやるってば。やっぱ、高校最後の文化祭だしさ。変なとこでケチがついたら嫌じゃない？」

私がふくれてみせると、友人は感心したように何度か頷いた。

「あんたが生徒だけじゃなくて教師からも信頼される理由がわかるわ。あんたみたいなのがそうやって頑張ってくれてるから、わたしみたいな能天気が楽しめるわけだねえ」

南無南無、と友人は両手を合わせてみせる。大げさだなあと思うけど、褒められているんだし悪い気はしない。

ところでさ、と友人が子どものように無邪気な顔で耳打ちをしてきた。

「……今年の文化祭、誰か何かするのかな？」

うちの高校は、公立のわりに文化祭に力を入れている方だと思う。学校が、というより生徒が。イベントの規模は普通の高校のそれと変わらないけど、生徒の熱量はかなりのものだ。

昔はバリケードを張って泊まり込んだり、勝手にキャンプファイヤーをして消防車が駆けつけたり、そんなことがあったらしい。もちろんそれは何十年も前の話で、しかしその「学校側の計画にないことを何とか行おう」という精神だけはなぜか受け継がれて、ゲリラライブをしたり、校内放送をジャックしたり、そういうサプライズが伝統になっていた。学校側も半ば諦めていて、黙認する形になっていた。

……うーん。けど、今年はどうだろう？

友人は私の渋顔で察したようだった。彼女は隅々まで晴れ渡った空をくしゃりと睨んで首を振った。

「ま、二年前のこともあるし。何もないのかな」

「んー、かもね」

「面白いことがどんどんなくなっていくのは、世の定めなのかねえ。バカなことをやるってのも、通過儀礼の一つだと思うのはわたしだけなのかなあ」

いや、私もそう思う。十代に友達と青春らしいことをして、自分の好みや性格を知って、大人になっていく。文化祭はそのための格好の装置でしょ？

けど、そう言える立場でもなかった。なんせ私は文化祭実行委員なのだ。ゲリラ活動を許容していい立場ではない。無言で同意を示す。

そんな会話のさなか、友人のお団子頭がぴょこんと揺れた。彼女の視線が一瞬、私の後方へ向けられる。

「ん。そろそろわたしは教室に行くわ。のぞみは実行委員の会議だっけ？」

「あ、うん」

「じゃ、あとで」

彼女は私の背後に意味ありげな笑みを残して颯爽と去った。取り残された私は、何のことかよく分からない。

振り返ると、同じクラスの男子生徒が前髪をつまみながら立っていた。クラスの中心人物で、わりとよく話す子だった。「あ、おはよ」と、私は声をかける。

「うす。あのさ、市ヶ谷ってさぁ……文化祭って誰かと回る感じ？」

なるほど、そういうこと。

先ほど友人が残した笑みの意味を理解する。彼、私に話しかけるタイミングを待ってくれてたんだ。それはそれは。

「……あー、うん。文化祭実行委員だからさ、あんまり時間なくて」

「でも、少しは時間あるんじゃねえの？」

大きな手で学生服のボタンをそわそわと撫で始める。いつもよりワックスの量が多くて、髪の毛が朝日を浴びてつやつやしていた。あと、片方の眉を剃りすぎてる。気合を入れた男の子がやりがちだ。もう少しナチュラルな感じでいいのに、と思う。

「そうかもしんないけど。そこらへん、ちょっと分かんなくてさ」

「文化祭実行委員長には、俺から言っとくからさぁ。一緒に回んない？　委員長って、二年の藤《とう》堂《どう》だろ？　俺が言ったら大丈夫だって」

そのセリフで、どうしようか心が決まった。

「私さ、空いている時間はクラスの女友達と約束してて。ごめんね」

「でも……」

「また埋め合わせはするからさ。ごめんっ」

手を合わせて、上目遣いで首をかしげる。彼は目を逸らして「しゃーねえなあ」とようやく引き下がってくれた。胸の前で小さく手を振りながら、埋め合わせって言ったって、自販機のジュースを買ってあげるくらいの想定だよ、と心の中で呟く。

文化祭で浮き立つのは、とてもいいことだと思う。けど、こういう風に好きでもない人からやんわりと好意を伝えられることが今年もあることを想像すると、億劫だなとも思う。

それが好きな人からだったら、即答するけどさあ。

ローファーの先っぽで石ころを蹴る。石は傾斜を転がって、止まった先に見慣れた顔があった。三年の佐竹優希《さたけゆうき》だ。彼女は肩の上で髪を外に跳ねさせ、元陸上部の長い脚を眠そうに引きずっている。佐竹も文化祭実行委員だから、目的地は一緒だ。黄色く色づいたポプラの並木の下を小走りに近づいて、肩を並べる。

「どうしたの佐竹、眠そうだね」

佐竹は目の下を親指でこする。

「昨日上手く寝れなくてね」

「せっかく高校最後の文化祭なんだし。明るくいかないと」

「最後ねえ」

そこで、佐竹はふっと俯いた。「……うまくいくといいけどなあ。色々と」

うまくいくも何も、佐竹が文化祭で何か大きな担当をしていると聞いた覚えはない。何のことを言っているのか聞こうかとも思ったけど、佐竹に尋ねてすっきりする回答を得られるとは思えなかった。佐竹はいつだって、なんだか捉えどころがない。

「大丈夫だよ！」

と、私は不必要に大きく頷いてみせる。「あれだけ、準備も頑張ったんだし」

そうだねえ、と佐竹はへらっと表情を崩した。目がかまぼこの形にきゅっと歪む。「さすがのぞみちゃん。こんな日でもしっかりしてるねえ」

「あれ、もしかして茶化してる？」

「まっさかあ。本心本心」

「言葉を繰り返す時って、大抵の人は本心じゃないらしいよ。昨日テレビで見た」

「誰よそんなこと言う奴。根拠のない言いがかりだなあ」

校舎が近づくにつれて、生徒も増えてくる。腕まくりをして慌ただしく駆ける生徒は、きっと一年生だ。私も一年生の頃は、当日でも準備が終わってなくて焦ったっけな。裏門近くのコンビニに走っていろいろかき集めたりね。飛び交う声はどれも、青春の色を帯びていた。

昇降口を入って目の前にある大きな掲示板も、各部活やクラスの案内が貼り出されていてにぎやかだった。私たち実行委員会が制作した文化祭の告知ポスターは、隅っこに追いやられてしまっている。

文化祭は今日と明日開催される。二日目の夕方に展示や演目は終了し、そのあと後夜祭としてフォークダンスがある。後夜祭は生徒会の管轄で、私たち文化祭実行委員の目下の使命は、文化祭全演目の終了まで滞りなく工程をこなすことだ。

その本部である文化祭実行委員会室は、東棟三階の一番北側の隅っこにある。町の公民館のような、古い匂いのする部屋だ。

「お、ちょうどいいとこに来たな」

入るやいなや、尾崎《おざき》先生の軽快な声が室内に響いた。

細身のスーツにつやつやの革靴という、いつものいで立ちだった。声も綺麗でよく通るし、日本史の教師っていうより、「自称二十八歳の場末のホスト」という感じに見える。彫りは深いけど、目の配置が惜しい。オールバックなのも、若作りしてる感がある。かつては予備校の人気講師だったという噂だけど、いかにもそれっぽい。

「おはようございます。何かあったんですか？」

「このポスター、見てくれよ」

尾崎先生が二つに折られたポスターを広げた。

「……」

そのポスターには、横書きで『ＢＥ　ＹＯＵＲＳＥＬＦ』という文字が堂々と踊っていた。横長のポスターが秋風で揺れるのに合わせて、ざわりと胸の奥が震えた。それは懐かしさであり、そして何より祭りの前の興奮だった。

あれ？　と隣で佐竹が素っ頓狂な声を上げた。

「それって、二年前のやつじゃないですか？　懐かしいですねえ」

そう、これは二年前の文化祭のポスターなのだ。例の出来事のあった、二年前の。

なぜ今、こんなものが尾崎先生の手にあるのだろう？

尾崎先生は急に荒っぽい口調になって、佐竹に返事をする。

「懐かしいですねえ、なんて呑気なことを言ってる場合じゃないんだよ。これがどこに貼ってあったと思う？」

「さあ？」

「昇降口の前にある掲示板だよ。佐竹、これは二年前のポスターだぞ？」

「そりゃ、見れば分かりますけど」

「二年前といえば、ほら、お前……」

一瞬ためらって「あの事件があったのは、二年前の文化祭だろうが」と先生は言う。

しかし佐竹は朗らかに笑っただけだった。

「ああ。それも懐かしいですねえ。あたしもテレビに映っちゃいましたし」

打っても響かない佐竹を早々に見限ったらしい。尾崎先生は私に救いを求めるような眼差しを向けてくる。目じりの皺の量のわりに、その表情は幼い。「市ヶ谷ぁ、このポスターが掲示板に貼ってあったんだぞ。どう思う?」

一歩下がって、私は再度ポスターを見つめた。

『BE　YOURSELF』

ビーユアセルフ。自分らしくあれ、かな。意訳すると。

いい言葉だな、と素直に思う。特に、『BE』という文字の語感がたまらない。原形というか、本物というか、堂々たる雰囲気を身にまとっている。こう、独立、自立している感じに聞こえる。好きだな、私は。そういう芯のある強さ。

……なんて回答を、尾崎先生は求めているわけではないだろう。

腕を組んで、唸ってみせる。

「このポスターが昇降口の掲示板に貼ってあったんですか。ううん、まさかとは思いますけど、『二年前と同じようなことをやるぞ』っていう予告とか?」

「そう、そうなんだよ!」

事態の深刻さがやっと伝わったと、尾崎先生はぱあっと顔を輝かせた。「学校側も、それを警戒してるんだ。二年前の事件のことは、学校側も敏感になってるからな」

「そんな『事件』だなんて。大げさだなあ」

横から茶々を入れる佐竹を尻目に、尾崎先生は眉を曇らせた。

「あれだけ騒動になったんだから、十分事件だよ。バカ野郎」

二年前、うちの高校の文化祭で起こったのは『生徒がふざけて教員に怪我を負わせた』という、どこにでもありそうな出来事だった。

毎度のことながら、生徒が文化祭の予定にないことをして、注意しようとした教師が弾みで怪我をしたのだ。先生の怪我も軽い打撲だったたし、学校側も「いつものことか」と、大事にするつもりはなかったに違いない。

しかし学校側が「いつものこと」と判断しても、そうはいかないこともある。「学校側の計画にないことを行おう」という生徒の精神は変わっていなくても、時代は変わっていたのだ。もう生徒のほとんどがスマートフォンを持っていて、そして彼らがＳＮＳにアカウントを持っている時代になっているということを、学校は甘く見ていた。

つまり、教員が怪我をした瞬間の動画が、ＳＮＳを通じて拡散されたのだ。

動画では、教員に怪我を負わせた生徒の非は明らかだった。今日日、非が明らかな動画がＳＮＳに掲載されれば、ほとんど確実に炎上する。臨場感のある動画だったこともあいまって、瞬く間にその動画は拡散し、非難の的になった。

ご多分に漏れず、ＳＮＳの次はワイドショーの格好の餌食となった。「この世代の若者は」の枕詞とともに、わけ知り顔をしたコメンテーターたちに、私たち世代全員が無教養で利己的だという論調でこき下ろされた。そうして続く言葉は当然、「学校の管理責任」だった。疲れ果てた顔で取材陣から逃げ回る校長の姿を遠巻きに眺めながら、非日常の高揚感を感じつつも気の毒に思ったのを覚えている。加害者の生徒も当然非難の的になって、結局停学になった。

そんな出来事のあった二年前の文化祭のポスターが、目の前のこれなのだった。『自分らしくあれ』と謳うポスター。

「で、どうだ？　市ヶ谷」

あれ、何の話だっけ？

「このポスターが昇降口の掲示板に貼ってあることについて、何か知らないか？　市ヶ谷は顔も広いし、何か知ってるかもしれないと思ったんだけど」

ああ、なるほど。そういう話をしたかったわけか。

ふうむ。

確かに、このポスターは二年前の文化祭の象徴だ。去年は学校側の締め付けが厳しくなって、生徒のゲリラ活動はことごとく潰されてしまった。だから今年こそ二年前のように、何かしてやろうと企んでいる生徒がいるのだろうか？　このポスターは何者かが学校側への宣戦布告として、昇降口の掲示板にでかでかと貼った……みたいな？

ありそうな話だった。

「うーん、何も聞いていないですね。……私でも」

私でも、と言うとき背筋が自然と伸びた。そこがいわゆる自分らしさというやつだったからかもしれない。

誰からも信頼される、というのが自分の長所だと私は自覚している。

学校生活を無風で通り過ぎるのは、そう簡単なことじゃない。スクールカースト、なんて重々しい言葉を使う大人もいるくらいだし。単に遊んで交友を増やせば楽に生活できる、っていうわけでもない。それはそれで、誰かに嫌われるリスクを負うことになる。もちろん、勉強もある程度できた方がいい。友達もいて、勉強もできて、教師からも信頼されて、要はそういうバランス感覚が大事ってこと。

大学の指定校推薦の自己PRでも、そんなことを書いた。それで先生からもOKを貰ったし、誰からも信頼されるという能力は自他ともに認める自分らしさなのだ。

そんな私の耳に何も入っていないのだから、犯人はかなり慎重な人間なのだろう。

「そうか」

と、尾崎先生はスキニーパンツのポケットに窮屈そうに手を入れた。思い出したように部屋を見渡し、一応といった具合で尋ねる。

「佐竹はどうだ？　何か知らないか？」

「あたしは全然」

「清瀬《きよせ》は？」

その尾崎先生の言葉で、初めて私たちの他に生徒がいることに気が付いた。二年生の清瀬涼《りょう》一《いち》君は、隅のパイプ椅子に座っていたが、尾崎先生の声で顔を上げた。

「すみません。分からないです」

文化祭副実行委員長の清瀬君の声色は、すぐに秋の風に流されてしまいそうなありふれたものだった。淡白なその表情も、スマホで「思春期の男子の顔」と検索すれば一番上に出てきそうだ。

尾崎先生が頭を抱えている。

「うーん、どうするかな。学校側として、何もしないってのもなあ」

先生に「力を貸しましょうか？」と提案しかけて、私はすぐに判断を翻した。いまさら尾崎先生の私に対する評価を上げたところで、あまりメリットがない。

そしてそれ以上に、若者の青春を奪う権利は誰にもない、と思ったのだ。

ポスターを貼った生徒の目的は分からない。この文化祭で何をやらかすつもりなのかも知らない。けどそれは、絶対その子にとってとても大切なことなのだ。「文化祭でバカ騒ぎをするのは通過儀礼だ」とぼやいていた友人しかり、文化祭って本来、生徒たちがそんな風に騒いで、自己を確立するためにあると思う。

せっかくそう思って私がだんまりを決め込んでいるのに、

「まずは文化祭実行委員として、何かしら対策を取った方がいいでしょうね」

と、野暮なことを口走ったのは清瀬君だった。「見回りとか、格好だけでもしといた方がいいんじゃないですかね」

……バカだなあ、この子。

実行委員が見回りなんてして事前に企てが発覚してしまったら、文化祭全体が冷めたものになること請け合いだ。そんな面白味のない文化祭にするのが、私たちの役割なの？　深く考えず、その場しのぎで思いついたことを発言する彼みたいな若者がいるせいで、大人たちが「この世代の若者は」と勝ち誇った笑みを浮かべるのだろう。

「見回りって、具体的にはどうするんだ？」

尾崎先生は驚いたように尋ねた。清瀬君が発言するとは思っていなかった、という驚きだろう。

清瀬君は淡々と応えるが、少し早口だった。

「文化祭期間中、実行委員が見回りや聞き込みをするのはどうでしょう。こんなポスターを貼りそうな人や部活に、牽制の意味を込めて重点的に聞き込むとか」

「ポスターを貼りそうな部活って、例えばどこだ？」

「去年は軽音学部がゲリラライブ未遂をしてましたよね。あとは、放送部とか、自然科学部とか」

「なるほどな。けど、その見回りは誰がする？」

「それは」

清瀬君は目を泳がせた。私の隣に視線を置いて、「まあ、そうですね」

「しますよ、あたし！」

横から、佐竹がそんなことを言い出した。目に光が宿っている。さっきまでは気だるそうにしていたくせに、なぜか急にやる気になったらしい。「なんか、面白そうじゃないですか。うん。あたし見回りします」

「佐竹かあ」

尾崎先生は黒々とした眉を捻り上げる。「佐竹ねえ」

「何ですか、その態度。あたしじゃ不満ですか？」

「不満というか。お前、頭は良いんだけど、適当なところがあるからなあ。ちゃんとしてくれるのか？」

「しますってば」

それでも、尾崎先生は心配そうにオールバックを撫でている。

尾崎先生の気持ちも分かる。佐竹は確かに勉強はできるけど、積極的に仕事を与えたいタイプの子じゃない。軽薄とまでは言わないけど、信頼に足る熱意が見えない。今だって、なぜ急にこんなにやる気になったのか、全然見当もつかないし。

「あの、市ヶ谷先輩と佐竹先輩で、一緒に見回りをしてもらったらどうでしょう？」

と、清瀬君の透明な視線が私に向けられた。

「え、私？」

「市ヶ谷先輩、顔も広いじゃないですか。市ヶ谷先輩だったらみんなに安心感も与えるでしょうし、もしかしたら犯人の情報も得られるかもって」

「確かに、のぞみちゃんがいたら百人力だね」

佐竹まで同調し始めた。屈託のない笑みとともに、肩を組まれる。尾崎先生も「それなら安心だ！」とぐいと詰め寄ってきた。

……やれやれ。結局巻き込まれるのか。

ため息交じりに承諾した。

「分かりました。佐竹と見回り、やりますよ」

正直、全然乗り気ではなかった。見回って聞き込みをするなんていう探偵まがいなこと、煙たがられるのは間違いないし、恥ずかしい。けど、ここまで言われて断るのも難しそうだから、仕方ない。

それに、一つ思いついたことがあったのだ。

私が誰よりも先にこのポスターを貼った犯人を見つけて、逆にそいつを励ましてやろう。学校側が色々邪魔してくるだろうけど、気にせずぶちかましてやれって、そう言ってあげよう。

探偵が犯人を励ますという愉快なアイデアに、内心ほくそ笑む。

「おお、さすが市ヶ谷。頼りになるな」

「期待しないでくださいよ。清瀬君も、これでいい？」

「あ、はい。お願いします」

ありがとうございます、でしょ。そこはさあ。

もちろん、そんなことは言わない。市ヶ谷のぞみはそんなことで不機嫌にはならないのだ。逆に、先輩らしくにっこり微笑みを返してあげる。清瀬君も微笑むが、左頬の皺が浅く、意思がどこにも見えない。

清瀬君が視界に入らないように、身体ごと尾崎先生に向ける。

「ちなみに、このポスターって、いつ見つけたんです?」

「いつだったかなあ」

首をひねる尾崎先生の代わりに、清瀬君が応えた。

「尾崎先生がそのポスターを持ってきたのは、七時半でしたよ」

「そうだったか。昇降口からそのままここに来たから、見つけたのは大体七時半くらいだな」

昇降口からこの文化祭実行委員会室まで、三階分階段を上るのに三分もかからないだろうから、発見時刻はおおむね七時半と考えて良さそうだった。

「このポスター、いつから貼ってあったんですかね?」

「うーん。今日の朝七時くらいに俺が見回りをしたときには、なかったと思うけど」

「貼られてたのは、どんな感じで?」

「今貼ってあるポスターの上に、無造作に」

なるほど。尾崎先生の記憶違いでないとすれば、だ。『七時から七時半の間に、誰かが昇降口の掲示板にポスターを貼った』ということになる。

頭の中に、ぐるりと校舎の鳥観図を描く。校舎は一般的なロの字型の三階建てで、昇降口は東棟、つまりロの字の右辺の一階だ。南棟は各クラスの教室で、一階から順番に一年、二年、三年の教室がある。西棟と北棟はいろいろ教室が入っていて、北棟のさらに北に離れのように建っているのが多目的ホールなどが入る特別棟だ。

容疑者は、各学年二百四十人×三の約七二十名。

「じゃあ、そういうことで。頼んだぞ、市ヶ谷」

尾崎先生は満足そうにぶ厚い唇を持ち上げた。

部屋には、文化祭実行委員の生徒がぽつぽつと集まり始めていた。普段の委員会の時はみんな気だるそうにこの狭い部屋に入ってくるけど、今日はどの瞳も輝いている。高校生にとって、文化祭というものはどうしたって、そういうものなのだ。

「やっほ、のぞみ」

顔見知りの子が、声をかけてきた。おはようと私も声を高くして尋ねた。「あれ、髪型変えた？」

「高校最後だしね。結構気合入れたんだー」

「とっても似合ってる！」

彼女は雑多に置かれている備品や棚をすり抜けて、私の隣に腰掛けた。私の言葉に、えへへと素直な笑顔を見せる。彼女は髪を指に巻き付けて、何気なく視線を走らせて言った。

「まだ、藤堂君来てないね」

「あう」

私らしくない、歯切れの悪い声が漏れ出た。ちょうどドアの方に目をやった時だったから、意表を突かれたのだ。そんな私の様子を見て、「なに、のぞみ可愛いー！」と友達がやわらかな手のひらを私の肩に乗せる。やめてよー、と私は笑いながら彼女の肉付きのいい腕をはたく。

と、ちょうどその時、藤堂夕介《ゆうすけ》君が入ってきた。

不思議なもので、彼がこの部屋のドアのレールをまたぐその前から「あ、藤堂君だ」と分かった。私の好きな人だから、という理由も大いにあるんだろうけど、それだけじゃないようにも思う。藤堂君の学生服の右襟には『Ⅱ』という学年章が付いていて、私の後輩であることを示しているけど、とても後輩には思えないオーラがある。言葉で表現すれば、「優しい」「人当たりがいい」「器が大きい」とかになるんだろうけど。

「藤堂君、いいよねえ」

隣で友達もほうっと息を吐いた。「不思議だよねえ。めっちゃイケメンってわけでもないのにさあ。包容力があるっていうか、イキってないというか、優しそう」

「実際優しいよ、藤堂君は」

なぜか私が胸を張っている。「初対面の私にも、すごく優しかったし」

「それで一目ぼれってこと?」

「まあ、そんなとこ」

ふふふ、と友人は楽しそうに声を上げながら、

「まあ、藤堂君それなりに人気あるから。倍率すごそうだけどね」

と言うと、手鏡を出して髪型をチェックし始めた。

……最後のセリフいるかなあ。溜息を殺して、彼女が視界に入らない視線の置き所を探す。

中央の長机には、受付で配るパンフレットや冊子が積み上がっている。付箋のついた規程集や、夏には大活躍だった年季が入った小型の扇風機、らくがき帳になり果てた日めくりカレンダーが

諸島みたいに散らばっていた。

生徒が続々入ってくる。冬服の黒っぽい制服の子と白いシャツだけの子と、ちょうど半分くらいだった。教頭先生も真っ黒なスーツだし、白衣の先生もいるし、なんだかオセロの盤の上みたい。

壁にかかった時計が、七時五十分を指した。

「定刻になったので、文化祭実行委員会を始めます」

司会の清瀬君の声に、騒々しさが引いてゆく。「まず、実行委員長から挨拶を」

カタン、と藤堂君が椅子を引いて立ち上がった。そう、藤堂君は文化祭実行委員長でもあるのだ。実行委員長は、文化祭実行委員の中から他薦で決まる。もちろん、圧倒的な一位だった。

「みなさん、おはようございます!」

張りがあって、しかも深い。藤堂君はそんな声をしている。

「ええっと、色々ありましたけど、とうとう文化祭当日です。今まで、準備やら何やらで頑張ってくださって、ありがとうございました。特に三年生の先輩方」私たちの方をまっすぐ見つめて、「受験もあるのに、すみませんでした。おかげさまで何とか形になりそうです」

「まだお礼は早いんじゃないのか」

三年生の男子生徒が長い前髪を捩じりながら嫌味っぽく言う。藤堂君はそれにも柔らかい苦笑を丁寧に返してあげている。

「そうですね。あともうひと踏ん張り頑張って、思い出に残るものにしましょう。じゃ、諒一《りょういち》、報告事項をよろしく」

藤堂君から話を戻された清瀬君が、淡々と引き継いだ。「はい。許可印のない部の広告が西側出入口の前の掲示板に大量に貼られていたため、回収しました。内容からして、おそらく家庭科部だと思われますので、後で注意しておきます。それから、体育館の舞台道具の一時保管場所に、ソフトボール場が追加になってます。あとは――」

清瀬君が話し始める。熱がこもっていないせいか、全然頭に入ってこなかった。清瀬君を副委員長に指名したのは他でもない藤堂君だけど、どうしてそれほど清瀬君を信頼しているのかよく分からない。清瀬君も藤堂君のことを「ユウ」なんて親しげに呼んじゃってるし。太陽のごとく明るい藤堂君と、平凡な清瀬君。水と油みたいに見える。幼馴染らしいけど、男子はよく分からない。

清瀬君の話を右から左に受け流し、藤堂君を眺めていた。大きな二重の目と力の宿る瞳や長いまつげがベビーフェイスに見せるけど、学生服に包まれた肩は短距離選手らしくがっちりしている。

「……で、二日目は終了です。ここまでで、質問ありますか」

藤堂君を眺めている間に、清瀬君の説明が終わったようだった。男子生徒が手を挙げた。

「あの、一ついいですか。明日の夕方からある後夜祭のフォークダンス、あれは文化祭実行委員の担当じゃないんですよね？」

「そうですね。後夜祭は生徒会が直接運営するので、僕らの仕事はあくまで夕方の演目終了までです。ですよね、先生」

「そうだな。もしお前が女子と手をつないでて緊張で倒れたら、その全責任は生徒会にある。謝罪会見でもしてもらおう」

どっと生徒たちが湧いた。発言した男子生徒は顔を赤くしている。フォークダンスに参加できるかどうか、心配だったのだろう。意中の相手がいるのかな。その甘酸っぱさに、幸あれ。

「あとは、ええっと」

清瀬君は顎を一センチほど傾けて、私を見た。私はその熱量のない視線を、そのまま尾崎先生へ受け流す。清瀬君はその流れのままに言い足した。「ええっと、尾崎先生、お願いします」

「ああ」

尾崎先生は大事そうに抱えていた分厚いチューブファイルを机に置いて立ち上がった。チューブファイルは右開きで、表紙に『文化祭関連資料』とシールが貼られている。例のポスターを広げた。

「今朝、昇降口でこのポスターが貼ってあるのを見つけた。何か分かるか？　二年前の文化祭のポスターだ。知ってる奴も多いと思うが、二年前の文化祭は生徒がいきすぎた行為をしてしまった経緯がある」

先ほどとは打って変わった、威厳がある口調だった。きっと隣に教頭先生がいるからだろう。

「にも拘わらず、だ。何かを誇示するようにこのポスターが貼ってある。この事態を学校側は――」

「とても、とても重く、受け止めています」

尾崎先生の言葉を引き継いだのは、教頭先生だった。肌色の見える頭をゆるゆると振って、口を開く。やけに読点を入れる、粘っこいしゃべり方だった。

「みなさん、そもそも文化祭は何のためにあると思いますか？」

誰も答えない。私も「やりたいことをして、本当の自分を見出すための装置」だなんて答えることはしない。それが間違った回答だとは到底思えないけど、教頭先生はきっと丸を付けてくれないだろう。

「いいですか？　文化祭は生徒が羽目を外すためにあるのではありません。来賓や保護者の方に、日ごろの学習成果を見ていただくためにあるんです。分かりますか？」

爬虫類を思わせる目が、値踏みするように左右に動いた。

「そして、文化祭実行委員会は、その目的を達成するための組織です。分かりますね？」

室内の高揚感が、見事にしおれていく。膨らんだ風船が萎んでいくのが、目に見えるようだった。その様子を見て満足気に頷いて見せ、教頭先生は一歩下がった。なんで満足そうなのか、本気で理解できない。

あとを受け継いだ尾崎先生は、何とも歯切れの悪い口調だった。

「あー、教頭先生の話にもあったように、文化祭実行委員としても、何か対策を講じようと思う。具体的には、文化祭中の見回りだ」

「情報さえくれたら、ぼくが犯人を見つけてあげますよ」

澱み切った空気の中で一人嬉し気なのは、先ほど藤堂君の言葉に応じた文芸部の男子生徒だった。顎を上げて細い目をのぞかせる。「考えるお手伝いなら、できると思いますけど？」

ゆるゆると尾崎先生は首を振った。

「お前がそういうのが好きなのは知ってるけどな。犯人を見つけるより先に、まずは何も起こさないことが大事なんだ。その牽制のために、見回りや聞き込みをしてほしいんだ。見回り役として、もう市ヶ谷と佐竹にお願いしてある」

彼は肩をすくめただけで、答えなかった。いつもならもっと食いつく彼だけど、さすがに高校最後の文化祭を見回りで終えるのは本意ではないらしい。あるいは、知らない人に話を聞きに行くという行為が苦手だからかも。

誰からも言葉が続かないのを確認して、清瀬君が気の抜けた口調で締めくくった。

「じゃあ、まあ、そんな感じでお願いします」

椅子の音が慌てた調子で響いた。学習成果だの見回りだの、居心地の悪い空間から早く逃げ出したいのだ。教頭先生の様子だと、学校側は去年に続いて今年も本気で生徒を大人しくさせるつもりのようだ。

黒板の上のスピーカーからチャイムが鳴った。いつもとは違う時間のチャイムだ。十五分後に体育館で文化祭の開会式が始まる。残っていた生徒がばたばたと駆け足で出て行く。もうすでにどこかの教室から歓声が聞こえていた。残っているのは佐竹と清瀬君くらいで、佐竹は尾崎先生と何やら話し込んでいた。

大人って本当に、何も分かっていないなあ。

学校側が本気で何も起こさせないようにするのなら、いつもの時間とは違うタイミングのチャイムなんて絶対避けるべきだ。これだけで、高校生は非日常を感じることができる。高校生がどれほど日常から抜け出したいと思っているか、全然理解していない。学校側の本気がこの程度じゃ、また今年も、誰かがサプライズを起こすだろう。きっと学校側が予想していないようなことを。

自分らしくあれ、か。チャイムの余韻は、ほどよい責任感を伴っていた。

さて。

落ちついたら、ポスターを貼った犯人捜しといきましょうか。まずは清瀬君も言及してた軽音楽部あたりかな。

私はゆっくり立ち上がった。

＊艮《うしとら》カレン＊　午前十一時五分

髪の色を変えたって、状況はなんにも変わらない。

そりゃ、あたしだってそのくらい分かってる。けど、何かを変えたくてあたしが思いついたのは、髪の色を変えることくらいだった。

「ねえカレンちゃん、もう、ホントにボクは知らないからね！」

部室の隅っこで、モチャが心配そうにぼやいてる。部室っていっても、物置を無理やり部室にしただけの場所だ。コンクリートがむき出しの小汚い灰色の壁には、アーティストのライブのポスターとかTシャツとかが飾られてて、それがようやく軽音楽部の部室っぽく見せてる。

モチャの言葉を、あたしはガン無視してやった。スプレー缶を振ると、からからと元気のいい音がする。いいね、この音。なんかスカッとする。肩の上からバスタオルを巻いて、とりあえず準備はＯＫ。

「なーんで、よりにもよって赤なのかなァ」

あたしがスマホを自撮りモードにして髪の毛にスプレーを吹きかけている横で、モチャはまだそんなことをぼやいていた。モチャというのは、望也《もちゃ》というこいつの名前からきたあだ名だけど、こんなにぴったりなあだ名はない。いつ見てももちゃもちゃと何かを食べている。腹もケツも、全体的なフォルムがもちゃっとしてるし。

「せめて茶色だったら、先生にも言い訳できそうなのにさァ」

あたしはスマホの画面に入り込んだ、モチャのでかい腹を睨みつける。モチャの着ている半袖のTシャツは、やつの脂肪でパツンパツンに膨れていた。いわゆるクラスTシャツってやつだ。自撮りモードでシャツのロゴが左右反転しているからという理由を差し引いても、なんの言葉が書かれているのか判別できないほど伸びている。

「うっせーよデブ。染めたわけじゃねえし、なんか言われたら洗えばいいだろ」

「そうかもしんないけどさァ。そもそも、なんで急に髪の色を変えようなんて思ったのさ?」

「そりゃお前」

険しくなったあたしの表情を見て、モチャはため息交じりにもぞもぞと言う。「今、カレンちゃんが何思ってるかわかるなァ。もう、当日なんだし、あきらめなって」

「うるせえ、デブ」

「いらいらしてもしょうがないよ。家庭科部のクッキーいる?」

「うん。あー、イライラする」

「別にいいじゃん。舞台で演奏できるんだからさァ」

太い指でクッキーを一枚摘み上げると、ネズミみたいにクッキーを隅から齧っていく。「ロックができなくても、音楽はできるよ」

思い出すだけで、腹が立つ。

軽音学部の部室に教頭が来たのは、窓から夕立みたいに蟬の鳴き声が流れ込む、八月の中頃だった。

「……どういうことスか」

顎を上げて睨みつけるあたしを見下ろして、教頭は寂しい頭頂を撫でていた。そうして馬鹿丁寧な甲高い声で、ゆっくり繰り返した。

「ですから、今年の文化祭の軽音学部の演奏では、ロックンロールを演奏することは、禁止となったんですよ」

いやいやいやいやいやいやいやいや。

「いやいや」

心の中の「いや」の一割くらいが、口からあふれた。「意味が分かんないスよ。もっと詳しく教えてもらわないと」

「あなた、名前とクラス名を答えなさい」

「一年四組、艮《うしとら》カレン」

「うしとら？　珍しい名字ですねえ」

分厚い眼鏡の奥の小さな瞳が、ぎょろりと大きくなる。乾いた眼光があたしの身体を舐めまわす。クマゼミが狂ったように鳴いているのに、ぞわりと首筋が寒くなった。

「名字なんて、どうでもいいんで。だから、どういうことっスか」

「ですから、今回の文化祭の演奏で『ロックンロール』と呼ばれる音楽の演奏は禁止ですよ。去年の件を踏まえ、職員会議で判断しました」

去年の件、という言葉で、隣に目をやる。睨んだつもりはないけど、部長が、うっと喉の奥で声を溜めた。腕を組んでふんぞり返ってはいるけど、腕が細いせいでなんか自分の身体を抱き寄せているみたいに見える。

「きょ、去年のことは、か、関係ないでしょう！」

部長は興奮して、舌を上滑りさせている。

「だ、だって、きょ、きょ、去年は去年で……」

「反論は無用です」

ぴしゃり、と教師特有の叩きつけるような言い草だった。

「去年、あなた方は何をしましたか？　あれだけ、学校側の許可が無いイベントは禁止だと伝えたにも拘わらず、中庭でゲリラライブをしようとしたじゃないですか。そのために、体育館では吹奏楽部の演奏が台無しになったんですよ？」

「それは伝統というか……」

「あなた方の言い訳はなんでしたか？　『ロックンロールだから仕方ない』。ロックンロールが非行の原因というのなら、ロックンロールの演奏は認めるわけにはいきません」

去年の中庭でのゲリラライブ。

そういうことがあったのは、知ってた。というか、あたしもそのライブを見てた。中学三年生の秋のことだ。

文化祭に来たのは、モチャの付き添いのためだった。モチャの憧れの先輩が吹奏楽部にいてその女子を一目見たい、という理由だった。昔からそうだ。怖気づいたときはいつも、あたしを頼る。

モチャは着くや否や「吹奏楽部の演奏を見てくる」と言って、巨体を早々にどこかにくらませた。あたしは一人で当てどなく、校内を歩き回っていた。正直、知り合いのいない場所で独りになれたことにほっとしていた。そんな時間は久しぶりだったから。

まあ。ちょうど、色々あった時期だったから。

名字が「艮」に変わったころだった。親の離婚なんて別によくあることだ。大したことじゃあ、ない。

いろいろ考えたり、あるいは考えなかったりしながら、見慣れない校舎の中を歩き回った。お化け屋敷、喫茶店、科学展示。溢れる熱気と、満ちる生気。文化祭の校舎には、どこもかしこも声が充満していた。誰かを呼び止める声、軽やかな相槌、鼻にかかったアナウンス。

不思議な感じがした。

誰かが声を発して、誰かが声で受け止める。それが当たり前に何百と集まっているのが気持ち悪かった。声の集合体が大きな生き物みたいだった。そいつの顔はなくて、鎌首をもたげてぐわんぐわんと一人残らずその渦に巻き込んでしまう……そんな妄想をしていた。

なんだか、自分だけ言葉も習慣も違う惑星に放り出されたような気分だった。

歩き疲れて、廊下の窓際に身体を預けた。空には千切れ雲が浮かんでいて、三階に吹き込む風は適度に涼しかった。四角い箱庭みたいな中庭にはレンガが敷き詰めてあって、その赤茶色のモザイクがちょうど紅葉みたいだった。時計台に付けられた校章が、陽の光に照らされて気持ちよさそうに光っている。

そんな中庭で誰かが怪しげな動きをしているのが見えた。

普段は教室の隅っこで寝たふりをしてそうな根暗な男数名が、いそいそと楽器やらコードやらを運んでいる。陰気な男子高校生が汗だくになっている姿は見ていて気味が悪かったけど、おもしろいことが起きそうな予感がしたから、そのまま眺めていた。

しばらくして、用意が終わったんだろう、四人の生徒が配置に付いた。妙に静かな顔つきだった。

おもむろに、本当におもむろにそれは始まった。

「――」

その歌声。

鳥肌が立った。

それまで誰も中庭なんて見ていなかった。誰かがいるってことさえ、きっと、知らなかっただろう。気づいたとしても、根暗が何かやってるな、程度のものだったはずだ。

けど、今はどうだろう。

バンドの連中は誰も見てくれなんて言っていない。ただ演奏し、歌っているだけ。なのに、中庭に面した窓には生徒が張り付いていた。

校内で渦を巻いていた意思の見えない声の化け物は、今や消えていた。全てを巻き込んでいた有象無象の声の塊は、全てどこかに弾け去ってしまっていて、あるのは、低音でかすれた歌声だけだ。

そしてその声を発しているのは、紛れもなく、根暗でひょろひょろの男子生徒だった。

「……すげえ」

思わず、そう声が出た。声って、誰かに伝えようとするための、単なるツールだと思ってた。自分以外の誰かがいないと、成立しない。

けど、ほんとはそうじゃないとその時気づいた。声は道具じゃなくて、武器だ。誰彼構わず、胸に銃弾をぶち込める。

手拍子が響きわたり、そうやって最高潮に達そうとした頃、教師が走ってきた。ボーカルの目の前で何か言っているが、ボーカルの声量のせいで何も聞こえない。彼は教師が来ても歌い続け、とうとうマイクを取り上げられてしまった。

その瞬間、叫んだ。

「これがロックンロールだ！　軽音学部を、よろしく！」

そうしてあたしは、この学校で軽音学部に入ろうと決めた。

で、それから一年たって。こうして憧れの軽音楽部に入ったたってのに。

「なら何を演奏したらいいんですか」

あの格好良かったボーカルが、普段はこんなにも頼りないなんて、一体誰が想像できるんだろう？　教頭がねっとりとした声で返す。

「フォークでもJポップでも、いろいろあるでしょう。校歌でもいいですよ」

校歌って、お前。まんざら冗談で言っているわけでもなさそうなのが、癪に障る。カラオケで童謡を歌うタイプの学生時代だったろ、絶対。

「そもそもロックンロールの定義はありませんよ」

「CDショップで、ロックンロールのジャンルの棚に置いてある曲はだめです」

「け、けどそれじゃ……」

いいですか、とここで教頭はことさら語調に粘り気を加えた。

「演奏を許可しているだけ、ありがたいと思いなさいよ？　普通なら、廃部どころじゃありません。生徒個人にも何らかの処分があっても良い事案ですよ？」

「納得できません」

黙ってしまった部長を押しのけて、あたしはずいと前に出た。教頭のシトラスのきつい香水の臭いが鼻につく。

腹の奥が熱くなる。歯を食いしばって堪えた。

「逆に聞きますけど、それだけで生徒が納得すると思うんスか？　なんで去年のことで、あたしら一年までとばっちりくわないといけないんスか。決められた場所で決められたとおり演奏するんだったら、いいじゃないスか」

あたしの言ってることは、間違ってないはずだ。軽音学部がステージでロックンロールを演奏する。文化活動の成果を発表するわけだ。一体、何が間違ってるっていうんだ？

こういうやわい教師は大抵、生徒の話を聞くふりをしようとする。生徒に寄り添う教師に憧れているんだろう。だから、その時に真正面から正論をぶち込めば、そのあとの反応は大体二パターンだ。ひるむか、激高するか。

さあ、どう出る。

「まあ、職員会議で決まったことですからねえ」

……ああ、もう一つパターンがあるのを忘れてた。

誰かの責任にする、だ。

「じゃあ文化祭って、何のためにあるんだよ」

立ち去ろうとする教頭のポロシャツに、吐き捨てる。教頭の背中が止まった。薄いブルーのシャツは、汗のためにところどころ気味の悪い群青に染まっていた。

教頭は本当に、一片の迷いもなく言い放ったのだった。

「真面目に学習している生徒の発表の場です。自分勝手な行動を許容する場ではない。君たちはまず、反省しなさい」

「――だからさァ、嫌なこと思い出してもしょうがないってば」

モチャのもちもちとした声がして、茹だる部室に意識が引っ張り戻された。

「それに教頭先生の言ってることも、間違いじゃないと思うよ」

「はあ？」

「だって去年のゲリラライブの後、ほんとに廃部も検討されたみたいだしさァ。こうやって演奏できるのだって、結構ありがたいとボクは思うんだけどなァ」

「うっせえ。分かったような口をきくな、ボケ。あたしはもっとこう――」

言いかけて、上手く言えなくて、できる限り大きく舌打ちを残す。あたしは足で扇風機のつまみを最大にする。唸り声が高くなって、滞った部室の空気をかき乱す。

あたしは先ほど言いかけた言葉を、拾い上げようと試みる。もっとこう、なんだっけな。……そうだ。あたしはもっと、心臓にぶちこむような声を出したいわけ。決められた舞台とか曲目なんかじゃ、それは無理なんだよ、多分。

扇風機が唸り声をあげても、なかなか涼しく感じられなかった。朝は涼しくても、この時間になるともうダメだ。焼けたコンクリートの校舎は、まだ夏を覚えている。

「『秋は夏の焼け残り』なんて、昔の人は良く言ったもんだ」

「あ、太宰だ。芥川だっけ？」

「忘れた」

「カレンちゃんって、昔はよく本を読んでたよね」

「うっせ、ばーか」

焼け残りの熱は足の指の先からキューティクルの死んだ真っ赤な髪の毛の先まで、じんわりと侵食する。そのうち行き場を失って、どうしようもなくて、あたしは無駄だとわかっているのに、扇風機の羽の上からスカートを被せた。もちろん、スカートの下には短パンを履いてる。ぼろぼろの扇風機が送る風で、地味な色のスカートは風船のように膨らむ。

一体何に、あたしはこんなに苛立ってるんだろ、と思ったりする。

一体いつから、この腹の奥の火種はくすぶり続けてるんだろうか。

「失礼します」

「しまーす」

入ってきたのは、二人の女子生徒だった。人当たりのよさそうな長髪ウェーブの生徒と、短めの髪を外側に跳ねさせた元気な感じの生徒。二人ともボウタイの色が赤いから、三年生だ。腕に文化祭実行委員の腕章をしていた。

長髪ちゃんの視線が、短パン丸出しの赤髪の女子生徒に、続いて汗まみれのTシャツに袖を通したデブに動いた。あ、しかも今多分、鼻の穴が動いた。その後ろの元気ちゃんは、あたしの格好を見てにやにや笑っているし。

「……私たち文化祭実行委員なんだけど。聞きたいことがあるんだよね」

長髪ちゃんはこの状況でも全然取り乱さない。

「ええっと、はい」

返事をし、誰に促されるでもなく、とりあえず部室の外に出る。瞬間、心地よい新鮮な空気が身体を通り抜けた。軽音学部の部室があるのは特別棟の一階の多目的ホールの隅っこだ。

多目的ホールは、文化祭中は来場者の休憩室になっているみたいだった。

いつもは生徒が昼食を取ることが可能な机と椅子の上には、今日は文化祭実行委員が作ったらしい手作りのポップが置いてある。入口のドア近くの掲示板には、所せましと各部活の広告が貼ってあって、普段より賑やかしい。昼前ということもあって、席は来場者と学外の生徒たちでおおよそ埋まっていた。

「急にごめんね。私は三年の市ヶ谷、こっちが佐竹。ちょっと聞きたいことがあってさ。……というか、その前に一ついい？　それ、地毛じゃないよね」

ようやく見つけた椅子に座るやいなや、長髪の市ヶ谷さんにそんな風に投げかけられた。目がクリッとしていて、野球選手と結婚する女子アナみたいに愛らしい。

「染めてはないスよ」

なんで、喧嘩腰で答えてんだろ。「何か文句でも?」

「いや、ないよ。全然ない」

どこか満足げに、市ヶ谷さんは余裕をもって答えた。ザ・女子高生って感じの、黄色い声だった。唇から控えめに漏れる歯は整っていた。

「むしろ、私はあなたのそのファンキーな姿勢、大好きだな」

「そりゃ、どうも」

なんか、肩の力が抜ける。文化祭実行委員っていうくらいだから、くそ真面目な奴かと思いきや、そうでもないらしい。

「ま、その髪の話はいいや。それより、本題に入るけど。あなたたち、一年生だよね。先輩はどこ?」

「あ、えっと、先輩は楽器の準備に体育館に行ってます。昼一番に演奏があるから、その、それで、はい」

で、なんでモチャはこんなに緊張してるわけ？

丸っこい顔から噴き出す汗をハンカチで拭うけど、あふれる汗の量にハンカチの吸水性が追いついていない。絞ったら雑巾みたいに水が出てきそうだった。でかい尻で完全隠れた丸椅子が落ち着きなく軋んでいる。

市ヶ谷さんは困ったように、細い指でつるりとした顎を撫でた。

「そっか。うーん、じゃあ、あなたたちに聞こうかな。今日の朝七時から七時半の間、軽音学部はどこで何をしてた？」

唐突な問いに、モチャと顔を見合わせた。モチャが必死に、脂肪たっぷりの頬を揺らす。

「七時、ですか？　あの、ええっと、市ヶ谷のぞみ先輩。その時間に何かあって、それを調べてるってことですか？」

「うん、まあ、そうだね。……あれ、私フルネーム言ったっけ？」

「そりゃあもちろん、知ってますよ。有名じゃないですか、三年の市ヶ谷さん。頭もいいし、友達も多いし、その、それに美人というか、何というか……」もごもごと唸って、ようやくといった調子で、「あ、あのボク、日比野《ひびの》望也です！　一年二組、軽音学部所属！　血液型はO型で、あとはええっと……」

おーい。

顔が紅白まんじゅうの赤い方みたくなってるけど。鼻息も荒いし、気をつけてほしい。ただでさえ、最初の印象は良くないんだし。大体なんでこいつはこんなに急に……。

ああ、なるほど。

テンパるモチャを傍目に、あたしは言った。

「市ヶ谷センパイ」

「うん?」

「センパイ、何部スか」

「元吹奏楽だけど」

やっぱり。

ちらりと隣のモチャを見ると、赤いまんじゅうのまま、糸のような細い目を落ち着きなく動かしている。

なるほど。

モチャが去年会いに行った先輩って、こいつか。

ため息が漏れた。バカだなあ。よりにもよって、こんな可愛い先輩に恋をしてるわけだ。清楚系、っていうの? これだけ可愛いのに文化祭実行委員なんてやっちゃうんだから、世渡りも上手いタイプにちがいない。友達も多くて先生にも好かれちゃう、そんな高校生の上澄みって感じの人。

美女と野獣、いや、美女とまんじゅうかな。高嶺の花にもほどがある。

「のぞみちゃん、ポスター見せた方が早いんじゃない?」

市ヶ谷さんの横の活発そうな生徒は、そう言って楽し気に辺りを見回している。佐竹さん、っていったかな。通り過ぎる生徒にひらひらと手を振ったり、丸椅子の下で足を揺らしたりしている。こっちの声は、どっちかと言うとハスキーな感じだ。低いわけじゃないけど、ちょっと気怠そうな話し方だからそう聞こえるのかもしれない。運動部だろうな、何となくだけど。

「あ、佐竹、ごめんごめん。そうだね、そうしようか。ねえ、このポスターに見覚えはある?」

市ヶ谷さんの手には、A3の光沢紙にでかでかと横書きの標語がかかれたポスターがあった。『BE　YOURSELF』ねえ。隅っこには二年前の文化祭の告知が小さく書かれている。ああ、これ、二年前の文化祭のポスターなのね。随分と前衛的なデザインのポスターだけどあたしは好きだ、こういうの。

ロックンロールだ。

フォントが明朝体のせいで、ちょっとお高く留まってる印象を与えるのが気に食わない。どうせならミミズののたくったようなあたしの字で書いたくらいの方がいい。

市ヶ谷さんの問いかけに、あたしは素直に答えた。

「見たことないスね。これが、何か?」

「これが入口を入ったところにある掲示板に貼られててさ。多分、誰かが朝七時から七時半の間に貼ったと思うんだけど」

「ふーん。それで、なんで軽音楽部に来るんスか」

綺麗な人差し指がわざとらしく額にあてがわれた。これくらい美人なら、何をしたってさまになる。

「まあ、正直、重要な容疑者ってところかな。軽音学部って、毎年何かやるでしょう? 二年前の事件の時も、去年のゲリラライブだってさ」

「はあ」

「だからまあ、一応聞き込みって感じ。ちなみに今年も何かやるの? ええっと」

「あ、あたしは一年の艮《うしとら》です」

「うしとら? うしとらっていうのが名字?」

「ハイ」

へえ、と佐竹さんが初めて気のある声を上げた。珍しいねと身を乗り出してくる。「うしとらって、方角の艮？」

「まあ、そうみたいスね」

「なんというか、うん。縁起悪いね。鬼門だ」

人の名字を縁起が悪いって言うのも、大概無遠慮だと思う。けど、佐竹さんがけたけた笑ってるのを見て、なんだか不機嫌になるタイミングを見失ってしまった。

「キモン？」

と、市ヶ谷さんが首を傾げる。

「昔の方角の言い方だよー。北から順番に干支をあてるんだ。子、丑、寅……ってさ。艮の方角は北東で鬼門って言われて、縁起が良くないらしいね」

「ふうん。この校舎で北東は……三階は文化祭実行委員会室じゃない？」

「そだよ。塩でも盛っとく？」

「ははは」

「家庭科部から貰っとこうか？」

佐竹さんは市ヶ谷さんにそんなことを言いながら、あたしに向き直った。「でも、艮ってのが名字か。ふーん、ふーん」

にまにまと笑い、あたしを見ている。ふと右手を差し出された。あまりにも自然な動きだったから、ほとんど反射的に握ってしまっていた。

佐竹さんは、にや、とシニカルに笑った。右の頬だけが上がって、縦に大きなえくぼが入る。

ぶんぶん、と握った右手を軽く二、三度上下させて、今度は勝手にぱっと手放した。

……ええっと。

「あの、なんスか？」

「いや、別に。なんか御利益あればいいなあ、と思ってさ。珍しい名字だし？」

「はあ」

ごめんね、市ヶ谷さんが割って入ってきた。「佐竹って、こういうわけわかんないとこあるから。ほっといていいよ」

苦笑いを浮かべて、市ヶ谷さんは話を戻した。

「で、なんだっけ。そうそう、今年も軽音楽部は何かやったりするの？」

市ヶ谷さんは妙に輝く目で尋ねておいて、慌てて頭を振った。「いやいや、煽ってるわけじゃないのよ？　二年前の事件のことだってあるしさ。それに、私が何を言おうと何かするやつはするわけだし？」

煽ってるわけじゃない、とか言いながら、わくわくを隠しきれてない。素直に「誰か何かをやらかしてほしい」って言えばいいものを。文化祭実行委員っていう立場上、そういうわけにもいかないのだろうか。

それより、気になる単語があった。さっきの言葉。

「ってか、なんスか二年前の事件って。軽音学部が何かやったんスか？」

「軽音学部がっていうより、まあ、いろいろな人がって感じだけどね」

言い澱んだ市ヶ谷さんを助けるつもりなのか、モチャがここぞとばかり声を上げた。

「あれ、カレンちゃん知らないの？　結構ニュースにもなったよォ」

時間が空いて少しは緊張もほぐれたのか、モチャはいつもの調子に戻っていた。

「確かSNSか何かで炎上したんだよね。なにしたんだったかな。文化祭中にふざけて怪我人がでたとかで、生徒が一人処分されてたはずだよ。ほら、二年一組に留年してる先輩いるでしょ？なんか事件のあと、何回も会議が開かれたり、ほんとに大変だったたって聞いたことあるなァ」

モチャはいつも、こんな風に尻切れトンボの会話しかできない。市ヶ谷さんは苦笑して言った。

「二年前に、彼が言ったようなことがあったのよ。そして今日、なぜか二年前のポスターが掲示板に貼られてた。学校側は、生徒が二年前みたいに何かを起こす予告なんじゃないか、って思ってるみたいね。で、私が聞き込みをしてる。それで、君たちはこのポスターに見覚えがないんだよね？」

「そうスね。ないですし、どちらにしても軽音楽部は今年は何もしないっスよ」

思いがけず、強い口調になってしまった。市ヶ谷さんの怪訝そうな顔が目の端に映った。だって、絶対ない。教頭に言われたあの時の部長の顔を見せてあげたい。完全にびびってた。なーにがロックンロールだ、くっだらない。

腹の奥がまた騒がしくなる。

私の言葉の続きを待っているみたいに変な沈黙が流れたので、仕方なく口を開いた。

「ま、少なくともあたしは何も聞いてないス」

「一応、七時から七時半の軽音楽部の動向を教えてくれるかな」

市ヶ谷さんは、トートバッグからノートとペンを取りだした。軽そうに見えて実は真面目っていう、こういう人が出世とかするんだろう。

「軽音学部の集合時間は七時で、あたしは教室には行かないで、校門から直接ここに来ました。

七時には部室にみんな集合して、打ち合わせは十分くらいで終わったと思いますよ」

「あ、けどそのあと先輩たち、どっか行きましたよォ」

モチャはなんとしてでも会話に加わりたいらしい。そんな不必要な情報をつけ足す。

「どこか、って言うと？」

「……さァ？」

モチャの情報はやっぱり要点を押さえていない。市ヶ谷さんは微笑んでいるけど、心なしかモチャを見る瞳が冷たくなっているみたいだ。

助け船のつもりはないけど、一応話を振ってやることにした。「なんか、上の階に行ったようなこと、言ってなかったっけ？」

「あ、そうそう！　三階に用事あるとか言ってました」

「なるほどね。それで、その先輩達が帰ってきたのはいつ頃？」

「ええっと……七時半より少し前、くらいだったよね？」

「そんくらいかな」とあたしはモチャに答えて、市ヶ谷さんに向き直った。「けど、ポスター貼ってあったのって、入口の掲示板っスよね。なら、少なくとも七時十分から七時二十分の間は誰も来てないスね」

「どういうこと？」

モチャに目配せをするけど、ぽかんとあたしを眺めている。せっかくいいアシストをしてやったのに。手刀をもちゃもちゃの腹に、何度も突き立てる。

「その時間、あたしらは、掲示板の前で、だべってただろうが」

「いたっ、痛いってば！　……あ、そうそう！　カレンちゃんがずっと教頭と部長の愚痴を言ってた時！　ああそういえばそのくらいの時間だったね」

「うーん。うん。ありがとうね。助かったよ」

　何度か頷くと、市ヶ谷さんはまた佐竹さんを見る。けど、佐竹さんの方は相変わらず全然興味がないみたいだった。彼女の視線の先には、掲示板のタイムスケジュールに目を通している保護者が数人いるだけだ。

「センパイは、なんで犯人捜しなんかしてるんですか？」

　そう尋ねると市ヶ谷さんは手帳を閉じて、目だけでこっちを見た。

「センパイだって、多分文化祭で何か起こってほしいって思ってますよね。それなのに、学校側の手先みたいなことして、それって楽しいですか？」

　喧嘩を売ったつもりはない。けど、ぴりっと一瞬空気が凍った。

　しかし、市ヶ谷さんはちろ、と微笑んだ。苦笑にも見えたし、嬉笑にも見えた。

「勘違いしないで欲しいんだけど、私は犯人を見つけても止めるつもりはないの」

「は？」

「犯人に言ってあげたいだけ。『頑張れ』ってね」

「……どういうことっスか？」

　艶のある髪を撫でると、甘い香りが漂った。

「私はね、犯人を守ってあげたいの。誰だって、文化祭でバカやって、青春を謳歌して、本当の自分を見つけたい。そうでしょ？　青春の一ページを破り捨てる権利なんて、学校にはない。私はね、学校側より先に犯人を見つけて、励ましたいだけなのよ」

「はあ」

「だから、どっちかっていうと、君の味方なわけ」

光る唇の端に笑みをたたえて、「どう、理解した？」

うーん。まあ、なんとなくは。

ふと思うことがあって、尋ねてみた。

「センパイは、この文化祭で何かやるつもりはないんスか？」

返事は子どもをあやすような言い方だった。「私？　やらないやらない。する必要がないでしょ？」

あ、そ。

市ヶ谷さんがペンをしまう音で、佐竹さんもようやくこちらに目を向けた。

「あ、あの！」

二人が腰を上げた時、それをモチャが引き留めた。佐竹さんは腰を下ろし、市ヶ谷さんは立ち上がることを選択した。

「うん？　どうかした？」

市ヶ谷さんは穏やかに声をかける。

あの、その、と口ごもっていたモチャだったけど、やがて意を決して大きく息を吸った。

「あの、ボクたち、昼から体育館でバンド演奏するんです！　ボクがギターでカレンちゃんギターボーカルで、その、カレンちゃんこんな髪の色でやさぐれてますけど、声も高くてきれいなんで、それでいてなんだか迫力があるっていうかァ……」

早口でそこまで言って、そうして最後に残ったわずかな空気を、震える声に変換して吐き出した。「その、もしよければ、ぜひ見に来てください……」

佐竹さんはいたずらっぽく八重歯を覗かせていた。肘で市ヶ谷さんをつついている。

当の市ヶ谷さんはにっこり笑ったままだった。思えば、ずっとこの角度で口角を上げたままだ。あたしたちの味方だと言ったさっきだって、同じように微笑んでいた。

なんだろうな、市ヶ谷さんのこの感じ。既視感というか、デジャヴというか……。

あ、そうか。

教頭と話した時と同じ感覚だ、これ。

大人に「君のためなんだから」とおためごかしを使われる、あの感じ。こっちがどんなに必死に声を嗄《か》らして伝えようとしても、そいつの芯には届いていない時のそれ。だってそいつは、本気で考えてるわけじゃないから。そいつは腹の奥が捩じ切れそうなほど真剣じゃないんだから、こっちがいくら本気で声をぶつけようとも、ぬるりと通り抜けていくだけだ。

上から、甘く傲慢な匂いが降り注いだ。

「行けたら行くね」

と、市ヶ谷さんは言った。

背筋を伸ばしたきれいな姿勢で去っていく。その後ろ姿を、モチャはうっとりと見送る。出ていく際、佐竹さんだけが振り向いてひらひら手を振ってくれた。佐竹さんの申し訳なさそうな表情で、ようやくあたしは拳をほどくことができた。

一つ、肩で息を吐く。

市ヶ谷さんが打算的で嫌な奴、ってわけじゃないんだろうけど。

ただ、なんであんなにも平然と自分に自信を持てるんだろう、って思うだけだ。生まれ変わってもまた自分に生まれてきたいとか言うの、ああいう人なんだろうな。

二人の背中が消えた後、モチャは餌を与えられた子犬のような形相で振り向いた。

「カレンちゃん、聞いた、今?」

「ん、ああ、うん」

「あれって、来てくれるってことだよね?」

「ん、まあ、うん。そうかも」

そう言いたくなくても、言わなければならないことだってある。

「がんばろうね! カレンちゃん!」

うおおおお、とモチャが急に盛大に吠えて周囲が静まりかえる。けど、こいつは気にしないみたいだった。妙なところでポジティブなんだ、こいつは。

それから一時間ほど、あたしは部室で適当に声を作って、モチャは何度か一曲を通して練習した。あっという間に本番三十分前、体育館へ移動する。

軽音学部は二組の出演が決まっていた。あたしとモチャの一年のバンドと、部長達二、三年のバンド。二曲ずつ、しかもMCも二分以内厳守ってことだから、軽音学部の尺は入り捌け含めて三十分だけだ。

舞台袖は部室よりさらに蒸し暑い。小学生の頃、プールの帰りに毎日通った学校の図書室を思い出す。本が好きってわけでもなく、単純に子どもがタダで過ごせる場所が、図書室くらいしかなかったってだけだけど。

プール終わりの図書室にいるのは、大抵クラスメイトの女友達とあたしの二人だった。ウグイス色の絨毯は剝がれかけていて、彼女はよく足を引っかけていた。彼女は当時からかなり近眼だった。今も多分、そう。二人で黙って過ごす図書室は、深い森のような匂いがした。

「市ヶ谷さん、来てるかなァ」

開始五分前でも、モチャはまだそんなことを気にしている。真っ暗な中でも、興奮で貧乏揺すりをしているのが分かった。

「さあねえ。昼過ぎって、一番間延びする時間帯だしなあ」

「市ヶ谷さん、好きなんだって。サイモン＆ガーファンクル」

サイモン＆ガーファンクルは二曲目に演奏する予定だった。提出した曲目を見た教頭は、最初は洋楽であるというだけで嫌そうな顔をした。モチャがウィキペディアを見せてフォークデュオであることを説明したら、渋々許可された。モチャがやたら必死だったけど、なるほど、そういうことだったか。

「市ヶ谷さんも渋いなあ。どうせ……」男の影響だろう、と言おうと思って止めた。「っていうか、何で市ヶ谷さんの好きな曲知ってんの？　去年の学祭で聞いたわけ？」

モチャは真面目に首を横に振る。

「ううん。話したの、今日が初めてだし。少し前に、市ヶ谷さんの友達から聞いたんだよね」

「去年わざわざあたしを引き連れてこの高校まで来たくせに、市ヶ谷さんに話しかけなかったの？」

「うーん、まァね。恥ずかしくて」

あほくさ。なら、去年は何しに文化祭に来たのやら。あたしもとんだ無駄骨だったってわけだ。

「ねえ、カレンちゃん」

「なんだよ」

「やっぱり、部長がした去年の中庭のライブみたいなの、やりたかったの？」

「まあ、ね。あの声、すごかったし」

と、あたしはもぞもぞと答える。

モチャは貧乏揺すりで腹を揺らしながら、アコースティックギターを大事そうに抱いていた。

「確かに、入り捌け含めてすごかったよね。こそこそ始めて、教師に止められて捌けるっていう。去り際のセリフも、ロックンロールだよねぇ」

ね、と誰に言うでもなく、

「舞台も曲目も違うけど、ボクらはボクらで頑張ろうね」

眠い瞼を開くように、ステージにライトが灯る。

暗くざわめきの残る体育館に目を凝らす。市ヶ谷さんは……うーん、やっぱり分かんないな。

ライトアップから、間髪を容れずに一曲目の前奏に入る。

なんでだろ。

歌い始めると、いつも、余計なことばかり頭を巡る。

もともとあたしは、わりとぐちぐち考える方だ。嘘つけって、よく言われるけど。実際今だって、中三の時のことを考えてる。

あの頃、名字が良になった以外に、変わったことがある。

一番は、誰もあたしと話さなくなったこと。

それまでも、母の職業のことでいじられることはあった。けど、母方の姓になったのと同時に、その噂が広まった。で、噂なんて大抵尾ひれがつくもので、あれよあれよというまに、あたしは「身体を売って稼いでる女の娘」ということになっていた。その他には「そもそも誰の子か分からない」とかいうのもあったか。母さんは小さな薄暗い店でおっさんにお酒を出す店をやってたから、そういう噂が立ったらしい。

まあ仕方ないかなあ、と当時はそれだけ思った。靴を隠されたわけでもなく、ノートが破られたわけでもない。無視されるだけなんて、可愛らしいものだった。昔よく一緒に図書室に行った女友達ともそこで疎遠になったけど、別に悲観的にはならなかった。それは虚勢でもなく、本当だ。

ただ、一つ。

腹の奥に熱いどろどろが溜まっていくのだけが、どうしようもなかった。

それがどこから来るのか、なんのために熱いのか、全然分からなかった。歓声溢れる休み時間の間は収まっているのに、ふいに授業中にその熱いのが暴れそうになったりする。

唯一話しかけてくるモチャにも、ついきつい言葉が溢れたりする。どうにかしたくて、髪の毛を茶色にしたり、耳に穴を開けてみたりしたけど、どうも違うらしかった。

結局、とりあえずその衝動を今のうちは勉強に向けよう、って思ったのが中学三年生の十月。つまり、この高校に来ようと決めてからだった。

八津丘高校の中庭のライブを見てから、わりと必死こいて過去問をこなして、何とか手の届くくらいにはなった。ライブの感動で、この高校への情熱はかなり高まってた。それに、うちの中学から進学する奴はほとんどいなかったのも動機になったかもしれない。あたしを徹底的に無視してた奴の一人がこの高校を諦めて、かなりランクの下げた学校に行ったって聞いたときは、まあ、わりとすっきりした。

けど、それは溜飲を下げた程度のもので、根本的な腹の奥の熱いどろどろは消えなかった。

今だってまだ溜まっていく一方だ。

一曲目が終わり、あたしのＭＣは自分のクラスと名前だけ。「よろくおねがいしゃーす」と言って気のない拍手を受ける。目を凝らしてみたけど、やっぱり市ヶ谷さんの姿は見つからなかった。あとは隣のモチャを紹介して、それで大体一分。モチャのアピールタイムが長かったけど、まあね。言うべきこともないし、ありがたいよ、それはそれで。

二曲目はサイモン＆ガーファンクルの『America』。

モチャのギターは、さっきよりも優しい気がする。丁寧に撫でてるような印象だった。

ちらと振り返ると、汗を垂らしながら必死にギターを弾いているデブがいる。一瞬目があった。するとと楽しそうににっこり笑いかけてくる。その子どもみたいな笑顔に、また腹の熱い塊が暴れそうになる。

昔からモチャのことが苦手だった。

だって、金持ちで、勉強もそこそこできて、デブのくせにクラスメイトにも教師にも可愛がられて、単純にあたしとは正反対だった。あたしが絶対手に入れられないものを、全部苦もなく手に入れていて、こいつにはきつくあたってしまうのも、そういう理由からだって分かってる。けど、モチャはそれでもあたしの隣にいた。いつも通りもちゃもちゃした笑みを浮かべながら。なんでこいつはあたしと一緒にいるんだろ？　とよく思う。分かんないなあ。そもそも性格だって、全然違うし。あたしがつっけんどんにしても、いつも関わろうとしてくる。小学校の登下校も、中学であたしが色々あった時期も、去年の学祭だって、ずっと。

……あれ？

ふと、何か違和感があった。その糸を手繰っていく。アート・ガーファンクルの声のように、優しく、途切れてしまわないように。

そういえば、さっき舞台袖で、去年のライブについてモチャはなんて言ってたっけ？『確かに、入り捌け含めてすごかったよね。こそこそ始めて、教師に止められて捌けた』とかなんとか……。

——どうして？

どうしてモチャは、去年の中庭のライブの詳細を知ってるんだ？

知ってるはずがない。だって、モチャは中庭のライブの時、吹奏楽の演奏を見るために体育館に行ってたはずだから。教頭も言ってた。『ライブのせいで、吹奏楽部の演奏が台無しになった』って。ライブと同時に吹奏楽部の演奏を聴くなんて、できないはずだ。

モチャは吹奏楽部を、市ヶ谷さんを見るためにこの高校の文化祭に来た。嫌がるあたしを無理やり連れてきて。けど実際は、体育館にいなかった。本当は、その時間、中庭のライブが見られる場所にいたってこと？

どういうこと、だろう？

去年、ライブが終わってからも中庭を見ているあたしに近づいてきたモチャの姿を思い出していた。まるでふらふら歩き回る誰かをストーキングした後みたいに、汗だくでへとへとで。

そうして、目を細めていつものように言ったのだ。

『ねえ、カレンちゃん。いっしょにこの高校に行かない？』

まさか、と思う。

市ヶ谷さんに会うなんてのは口実で、本当はただあたしをこの高校に連れてきて、興味を持たせるためだった？　あたしの中学からこの高校に行く生徒がほとんどいないから、だから志望させたかった？

一人にして欲しいあたしを一人にさせてくれて、けど心配してあたしを付け回して、あたしがライブに魅入った時を見計らって。

そうして、そう言ったってこと？

まさか。

全部推論だ。証拠も何もない。多分、モチャに聞いたって、頬を揺らして黙ってクッキーをかじっているだろう。

けど確かなことが、一つある。

あたしはそのモチャの台詞で、この高校に来ようと決めたってこと。

モチャの弾く弦の音が、汗ばんだ背中から腹に突き抜ける。腹の奥の、熱く滾るものを串刺しにする。

ビーユアセルフ。自分らしくあれ。

いい言葉だな、とさっきはポスターを見て思った。けど、今はどうにもむず痒い。

モチャがここまでしてくれるあたしという人間は、一体なんだろ？

なんだか、白紙の譜面を手渡されたような気持ちになる。名字が変わって無視されるようになったってことは、名字が自分？　いや、あたしの呼び名が変わったところで、あたしは何も変わらないはずだ。それとも髪の色？　耳の穴？　そういうのが「自分」？

「"Kathy, I'm lost," I said, Though I knew she was sleeping. "I'm empty and aching and I don't know why"（『キャシーどうしたらいいんだろう』彼女が眠っているのを知りつつ僕は言った。『虚しくて苦しくてたまらない。それがなぜだかわからないんだ』）」

違う。こんなのじゃない。

こんな自分のしっぽを追いかけてぐるぐる回るような、そんな声を出したいんじゃない。

小さな世界の中で反響し合う平凡な罵倒を、しおれた声帯を震わせる無感動な批判を、絶妙な角度の唇から溢れる芯のない言葉を、そんなつまらない声の全てを、一気に吹き飛ばすような、心臓に鉛玉をぶち込むような、そんな声を出したい。

「All come to look for America.（みんなアメリカを捜しにきたんだ）」

くそ。

くそが。

あたしは何を探せばいい？

「All come to look for America.（みんなアメリカを捜しにやってきた）」

なあ、と願った。

来てくれよ、市ヶ谷さん。

ほら、こいつ、こんなに必死こいてるんだ。デブだけど、格好いいんだ。

あたしの声が暗い天井を突き抜けて、高い秋の空まで届く。そんな妄想も、いつの間にか消え去った。頭が真っ白になって、ひたすらに歌い続けてる自分の体だけを感じた。

＊城山《しろやま》葉月《はづき》＊　午後二時五十分

一年六組の月火野《つきひの》さんが家庭科室に入ってきた時、私は電卓を叩いてクッキーの売り上げを集計し終わったところだった。彼女は床にある空っぽの段ボールを指さして言った。

「葉月ちゃん、もしかして、もう売り切れ？」

はい、と私は短く答えた。「午前中に売り切れました」

「残念。一袋、くすねようと思って来たんだけどな」

形のいい鼻をすん、とすする。それでもう用はなくなったはずなのに、月火野さんは私の隣の椅子に腰かけた。

彼女はジンジャーエールのペットボトルを口に含んで吐息を漏らし、だらんと机に上半身を預ける。絹のような黒髪が白いブラウスに音もなくさらさらと落ちた。赤い大きな髪留めが、優しい太陽に照らされて光る。

「んあ」

机に額を押し当てる角度を変えながら、そんな声を漏らす。

細いうなじといい、大きな涙袋といい、その下の泣き黒子《ぼくろ》といい、月火野さんの色っぽさはとても同い年とは思えない。

「おつかれですね」

私はハンカチで眼鏡を拭いた。家庭科室にいるのは私と月火野さんだけだ。午前中は部員と客で賑わっていた家庭科室も、二人だけだと随分広く感じる。

コンロの付いた白い大きな机が太陽の光を反射して輝いている。アルコールの匂いがするのは、先ほど私が全ての器具を消毒したからだ。今日もまた、夕方からクッキーを大量に焼かねばならない。

「ん。疲れたってってわけでもないけど」

月火野さんはまるで点滴のようにぽつぽつ言葉を落とす。「なんか、つまらないんだよね」

「文化祭がですか？」

「そう、文化祭が」

私は鞄から文庫本を取り出そうとする手を止めた。

家庭科室の廊下側の窓は磨りガラスで、廊下の様子を直接知ることはできない。しかし、くもった景色の向こうには、こうしている今も沢山の人が行きかい、楽し気な会話も届く。カフェの誰々が可愛かったとか、映画はもっとこうすれば面白いのに、とか。

月火野さんは手持ち無沙汰そうにボトルのラベルを爪でひっかいている。

「ねえ、だってうちのクラスの出し物、何か知ってる？」

「一年六組ですか？　たしか、展示でしたよね。『明治期の生活様式』でしたっけ」

「よく知ってるね」

「それほどでも」

誰かに聞かれるだろうと思って、パンフレットには一通り目を通していた。難しい設問に滞りなくペンを動かせた心持になる。

「それがもう、面白くないよね。明治期の生活様式を再現するって、意味と趣旨が分からない」

「文化祭は学習指導要領上『日頃の学習活動の成果を発表』することが目的なわけで、趣旨に沿っていていいんじゃないかと」

「さすがだなあ、葉月ちゃん。なんでも知ってる」

「いえ……」

母に言われて学習指導要領を読んだことがある、とは言わなかった。多分、普通の家庭では子どもにそんなもの読ませはしないだろう。ましてや「これに沿った指導をしない教師がいたら報告しなさい」と言う親がいるなんて。月火野さんにそれを伝えたらどんな反応をするか少し気になったが、口を噤んだままにしておいた。

「それでさあ。実際の文化祭って『日頃の学習成果の発表』が目的になってると思う?」

「いえ。実際は、生徒のガス抜きが目的でしょうね」

「そうそう。それなのにうちのクラスは、その破綻してるお題目を生真面目に信じて、それっぽいことをしてる。つまらないってのは、そういうこと」

随分斜に構えた見立てだった。目的が破綻しているのだから、破綻した目的に従うのは馬鹿らしい、という意味の「つまらない」ということのようだ。なるほど、と応えておく。

月火野さんはこういう風に穿ったものの見方をする気性がある。その会話の結末にたどり着くには、聞く方もちょっとした工夫が必要で、反論はしないほうが無難だ、とこの半年で分かってきていた。

それに、私も思うところがあった。みんなで盛り上がってガス抜きをしている、という実態さえも、実はあまり正しくはない。準備期間はクラスの中で、文化部とクラスの出し物を作る生徒たちとの間に大体険悪なムードが流れる。クラスの準備が忙しい時に文化部は部の準備をしているわけで、それは当然のことなのだが、クラスで文化祭を運営する人たちはそれが面白くないらしい。

文化祭がつまらない、あるいは馬鹿らしいという意見には、ある程度同意できた。

「少し前まではもっと面白かったらしいよ、この高校の文化祭」

「面白い、というのは」

「奔放ってこと」

彼女にとっての「つまらない」は「馬鹿らしい」と同義だったが、「面白い」は「奔放」と同義のようだった。

「昔は生徒も教師も、ちゃんとはしゃぐことが目的だったみたいな」

「破綻したお題目を信じるわけでもなく」

「そうそう。それに十年くらい前は、文化祭が秋祭りの花火大会とも被っててさ。花火の下で告白、なんてのもよくあったって」

「映画みたいですね」

「校門入って右手に大きなポプラの樹があるでしょ。あそこで告白すると成功するってジンクス、あれも『花火の打ち上げ場所から一番近いところで告白すれば成功する』っていう昔のおまじないから来てるんだってさ」

はあ、と声を漏らす。甘い話題は苦手というより、反応に困る。砂糖一グラム分の興味も湧かない。

「冷めてるねえ、葉月ちゃん。ロマンチックじゃない？」

「よく分からないですけど。まあ、ありがちじゃないですかね」

月火野さんはしゃっくりのように肩をふるわせて笑った。

「確かに、花火の下で告白とか、それっぽすぎて噴いちゃうかも。というか、実際苦笑いしてたこともあるかもしんない」

「月火野さんがロマンチックって感じる状況って、なさそうですもんね」

「まさか。わたしは好きなバンドの曲をライブで聴きながら告白されたい、って公言してるわけ。ま、わたしの好きなバンドのボーカル、死んじゃってるけどね。フジファブリックって知らない？」

　音楽シーンに疎い私は、首をひねることしかできなかった。月火野さんの長いまつげは、花に止まった蝶が羽を開くように独特のタイミングで開いては閉じた。つまらなそうな表情に見えたかと思えば、深く物思いに耽っているようにも見えた。私は彼女の表情の奥行きを見通すことができず、目を伏せて文庫本を取り出した。

「葉月ちゃん、よく小説を読んでるよね」

　暇つぶしですよ、と言おうとしてやめた。それではまるで私が暇であるように伝わってしまう。

　少なくとも家庭科部なのに何もしていない彼女よりは、暇ではない。「まあ、多少は」

「わたしは全然だめ。葉月ちゃんは子どもの頃からそんなに読んでるの？」

　どうだったろう、と眼鏡を持ち上げた。目の前にウグイス色の図書室の光景が浮かび、すぐに消えた。

「よく夏休みのプールの終わりに、図書室に行きましたね。その程度ですけど」

「葉月ちゃんお医者さんの娘なんだっけ？　さすがだね」

　それほどでも、と応えようとすると、ドアが開いた。

「あ、もうクッキー売り切れちゃった？」

　入ってきたのは朗らかな男子生徒だった。大きな黒目に見覚えがある。彼の腕に巻かれた文化祭実行委員会の腕章で思いあたった。そうだ、文化祭実行委員長の藤堂さんだ。今日の開会式でも、壇上で挨拶をしていた。

「すみません。もうないんです」

　と私が応えると、藤堂さんは残念そうに後ろを振り返る。彼の後ろにはポニーテールの女子生徒が一人、その後ろに男子生徒が一人いる。「だってさ、ちなつ」

「あー残念……。清瀬のせいでしょ」

清瀬と呼ばれた生徒が、やや面倒そうにこぼした。「おれ？　ユウと話してたら勝手にちなつが来て、そのせいで時間食ったんだろ」

「あんたがユウ君と話してるのが悪い。気に食わないから、割り込んだわけ。分かるでしょ」

「理不尽だな」

「まあまあ」

三人組がやいのやいのと言い合っている。仲がいいのだろう。言い合っていても鋭いとげは感じられない。

「誰かと思えば、藤堂さんじゃないですか」

無造作に、月火野さんがひらりと手を振った。藤堂さんは今気づいたというように、素っ頓狂な声を上げる。

「あれ、月火野。お前、こんなとこで何してんの？」

「こんなとこって。わたし家庭科部ですよ」

「知ってるけど。お前、部活に参加してないって言ってたからさ」

「文化祭くらいはね。実行委員の藤堂さんの顔を立ててあげようかと」

「いい心がけだ」

月火野さんが喉の奥で愉快そうに笑う。おや、と思った。こんな風に笑う月火野さんを見たのは初めてだった。

二人はしばらく会話を交わしていたが、月火野さんの頬はずっと穏やかに持ち上がったままだった。

「じゃあ、また」

藤堂さんが手を振り、後ろの二人も出ていく。去り際、二人とも月火野さんに目をやった。ちなつと呼ばれた女子生徒の目には、くやしそうな色が滲んで見えた。なるほど、文化祭は文化活動の裏で、色恋沙汰のかけひきも激しいらしい。

清瀬と呼ばれた男子生徒が月火野さんを見る目も、どこか真剣だった。ただ、こちらは彼女に熱を上げているという風ではなかった。何かを確認するように、じっと月火野さんを見つめて、静かにドアを閉めた。

家庭科室が突然の来訪者から、静けさを取り戻す。

「月火野さん、顔が広いんですね」

「そんなことないけどね」

と、彼女は気だるそうにスマートフォンを取り出して親指を滑らせる。不思議な子だ、と思う。文化祭実行委員長なんて、知り合う機会がなさそうなのに、どこで出会ったんだろう。まあ、男子ならば、すれ違えば彼女に声をかけたくなるものなのかもしれない。

月火野さんがいわゆるパパ活をしているという噂は、入学してすぐに耳に入った。

中学校では有名な話だったらしい。変わっている子だな、という認識はあった。斜に構えたところがあるし、彼女が家庭科部に籍を置くのも、一年生は部活動に入らなければならないという規則のためだ、と公言するほど大胆でもある。

そして、この整った容姿と妖艶な所作だ。媚びているようで媚びていない、絶妙な仕草をやってのける。

明らかに、大半の女子高生とはどこか違う。何が、と聞かれると、どこかが、としか答えられない。そんなつかみどころのないもので、しかし決定的に違うのだ。

それは多感な女子高生の大半にとって、実に腹立たしいものだったに違いない。月火野さんと同じ髪型で、同じ香水を撒き、同じ行動をしても、きっと彼女には追い付けないだろうという何か。皆が彼女と距離を置くのに、そう時間はかからなかった。

月火野さんがそのことを気にしているそぶりは、今のところない。

「あ、そういえば」

と、話題を探して私は言った。月火野さんはまだスマートフォンを眺めている。

「藤堂さんたち以外にも、午前中に文化祭実行委員の方が来られましたよ」

「ふうん」

「誰かのいたずらで、二年前のポスターが昇降口の掲示板に貼られたとかで」

「それで、なんで家庭科部に来るの」

「家庭科部ではなく、私に。放送部も兼部してますし」

「ああ、そういえば、葉月ちゃんって放送部も入ってるんだっけ。なんで放送部に入ってるの？」

「まあ、なんとなく」

本当は、母がこの高校の放送部に所属していたから、という理由だった。あまりにも熱心に母が勧めるため、断るのが面倒になったのだ。しかし言う必要はない。

そっか、と月火野さんは簡単に頷く。

「なら、家庭科部に入ったのはなんで？」

「それは——」

思い浮かぶ情景があった。一年前、あの日。中学校の家庭科室。

が、それも言う必要のないことだった。

「……まあ、なんとなく」

ふうん、と月火野さんは気のない返事をする。私は脇道に逸れた話を戻す。

「で、文化祭実行委員の方が私のところに来た、という話ですが。二年前のポスターが貼られた件で」

「ああ、うん、そうだったね」

「放送部の先輩部員がそのいたずらをしたのでないか、と疑っているみたいでした」

「ふうん。大変だね、文化祭実行委員も。ん……」

何かを思い出すようにスマートフォンから顔を上げる。茶色い油のこびりついた換気扇のあたりに目をやっていたが、ややあって、ああと納得したように顎を縦に振った。

「二年前の文化祭のポスターって言ったっけ?」

「はい」

二年前か、と呟いて、

「なるほど。あの事件があった年だね」

あの事件、というのが私には分からなかった。

多分、表情にも出ていたのだろう。月火野さんは手早くスマートフォンを操作し、「葉月ちゃんにも知らないことあるんだね」とからかった。画面にはSNSに貼り付けられた動画があった。

動画は一般人がスマートフォンで撮ったもののようだった。歓声とノイズが煩くて、音声はほとんど聞き取れない。手ブレもあって、映像も鮮明でない。左の襟に学年章をつけた男子生徒が、大量に積み上げられた教室机の上に乗って何か騒いでいる。彼が何かを言い、それを囲む大量の学生がまた歓声。音楽も流れ始める。

と、何かの拍子で積み上げた大量の机が雪崩を打ったように崩れた。女子生徒の悲鳴。「大丈夫か！」「先生！」「先生、先生、大丈夫ですか！……」

動画はほんの十秒足らずだった。

「これ、うちの高校ですね。場所は中庭ですか。時計は切れて見えなかったですけど、時計の下の校章が、ばっちり映ってましたね。これが事件ですか？」

「そう。わりと話題になったと思うんだけど」

「私、SNSしていないので」

「そっか。この頃東京にいたけど、それでも流れてきたよ」

中学二年生の頃、月火野さんは東京にいたらしい。どちらかというと、その方が驚きだった。同時に納得感もあった。垢ぬけた雰囲気が、東京のものだというのなら納得だった。

「教師が下敷きになってましたし、確かに大ごとですね」

「テレビでも、ワイドショーなんかは取り上げてた気がするな」

ワイドショーも私は見ない。家で流れているのは大抵、衛星放送の海外ドキュメンタリーだ。

なるほど、と私は声に出した。

「二年前のポスターが貼られたことに、学校側は『同じことがおこるのでは』と危機感を抱いているというわけですか。だから、文化祭実行委員の方も見回りをしていると。彼女たちも、結構詳細に聞いてきましたしね。ポスターが貼られた時間、七時から七時半の間に何をしてたのかとか」

「ドラマみたいだね。なんて答えたの？」

「放送部の先輩は七時十分頃まで放送室にいて、そのあと三階に行かれましたから。三十分までには帰ってこられましたけどね。その間のことは分からない、とだけ」

「ふうん。……というか、昇降口の掲示板だっけ。七時から七時半にポスターが貼られたんだ？」

「そう仰ってましたけど」

月火野さんは腰を結ぶように腕を組んだ。腰回りが絞られ、必然的に胸が盛り上がっているように見える。こういう仕草をさりげなくされたら、きっと健全な男子高校生ならばひとたまりもないだろう。むむ、と下唇を突き出す、そのすべてが絶妙だ。

「どうかしましたか」

「その時間帯、教室の前でずっと掲示板の方を見てたんだけどな。誰かがポスターを貼ってたなんて、記憶にないな」

一年六組は昇降口から一番近い教室だ。その時間帯は通常ならクラス展示の追い込みの時間で多忙を極めるはずだが、彼女はそうではなかったらしい。「つまんないからパス」と彼女が言い捨てて教室を出ていく様子を、ありありと思い浮かべることができた。

「見落としたとかじゃないですか」

「まさか。暇だったし、そんな変な人いたら覚えているよ」

暇だったら手伝えばいいと思うが、つまらないことに加担したくないのだろう。

「それ、実行委員の方に教えてあげたらどうでしょう。困っている風でしたから」

気が向いたらそうしようかな、と彼女はあくびをかみ殺す。どうも、この話題にはあまり興味を惹かれないようだった。

月火野さんは傍にあった文化祭のパンフレットを手に取って、ぱらぱらと眺め始めた。残された私は文庫本を開いたが、すぐに閉じた。彼女といると、なぜか集中できない。鞄の中から『来学者の方へ』という冊子を拾い上げる。本来生徒には配られない冊子だが、母が見たいというので教師から貰ったものだった。

『来学者の方へ』は、手作り感溢れる粗雑な印刷物だった。右綴じのステープラーも、教師が手で止めたのだろう。繰ると、歴代の文化祭のスローガンが掲載されているページを見つけた。先ほどの話の流れで、知らずに二年前のものを目で追っていた。

二年前の標語は『BE　YOURSELF！』という簡素なものだったが、そのセンスが良いのか悪いのか、私には判断が付かなかった。ただ、冊子に載っている活字は、さきほど文化祭実行委員の女性に見せられたポスターとは、まったく違う印象を受けた。ポスターのデザインは、高校生が考えそうな激しさを全面に押し出した安直なデザインだった。同じ文字でも、無機質に並ぶだけでこんなにも印象が違うらしい。

その前のページの校長の挨拶の一文には「節度を持った行動を生徒に促し、自分らしい世界を構築する教育を行っている」という苦しい言い訳のような文言が連なっていて、事情を知った上でそれを読むと、なかなか面白いジョークとして読むことができた。

しばらくの間ページを捲る音だけが、広い家庭科室内に響いた。

「次、どこ行こうかな」

月火野さんの口調は、独り言なのか話しかけているのか分かりづらい。

「さっきはどこに行ってたんですか？」

少し待って、私への言葉だと判断した。

「体育館で軽音のライブ」

「音楽、好きなんですね」

「そういうわけじゃないけど。フジファブリックみたいなＪロックが好きだから、行ってみたんだ。残念ながら軽音って言いながら、ロックっぽいのはしてなかった。なんか優しい英語の曲だった」

鼻歌交じりに口ずさんでみせて、付け加えるようにぽつりと言葉を落とす。

「そういえば、変わった名字の女の子がいたよ。髪の毛を真っ赤にして目立ってた」

黒い瞳が横に滑り、私を捉えた。

私はさっと視線を冊子に戻す。高校の沿革、校章の由来、校歌、歴代校長の一覧……。その間も目の端で、黒い瞳が私をずっと捉えているのを感じた。

仕方なく、目を落としたまま言った。

「艮さん、ですね。多分」

「知ってるんだ」

「中学が一緒でしたから」

「仲いいの？」

「いえ……」

脳内に検索をかけて、次に出すべき言葉を探す。「でも、ちょっと変な子ですね」

「変？」

「高校でも家庭科部で関わりがあったんです。夏休み、部で児童養護施設訪問に行ったときに」

へえ、と他人事のように呟くが、本来彼女も参加しなければならない行事だった。何度も顧問から通知されていたが、彼女には行き渡っていないようだ。

夏休みに児童養護施設を訪問し、子どもと一緒に昼ご飯を作る。

それが、毎年この部で行われている恒例行事らしかった。訪れる施設は近所の『福祉法人たちばな会さくら園』という名称で、春なのか夏なのか分からなくなるような名前だった。

正直なところ、訪問する前はどのような心持でいればいいのかと、多少浮足立っていたのは否めない。児童養護施設にはどんな子どもがいるのか、高校生であればそのくらいは理解できた。複雑な家庭環境を持つ子に対し、どんな感情を持って、どのように接すればいいのか、単純に思いつかなかったのだ。

来訪したのは二年生部員が三人、一年生部員が私を含めて二人だった。

「あ、そういえば。今日、うちにボランティアの子も来てくれてるのよ。その子にも手伝ってもらおうと思ってね」

一通り挨拶が終わると、ふくよかな中年の施設職員が思い出したように手を打った。エプロンから伸びたたくましい脚が、のしのしと部屋を出て行く。

目の前にいる五人の子どもは、職員がいなくなった途端、おもちゃ箱の方へ駆け寄った。小学校二、三年生、あるいはもう少し下だろうか。一人っ子の私には、子どもの年齢の判別ができなかった。自分と比べようにも、自分が一般的だったとは思えない。

自身の幼少期を思い出しても、習い事や塾の記憶が大半だ。

それが悪いものというわけではない。ただ、それらは必死に親の期待に応えようと努力した思い出で、努力の思い出は大抵、思い出すと妙に息苦しくなる。

その記憶とともに頭に響くのは、「医者の娘らしくしなさい」という母の言葉だった。母はその言葉を言った後きまって「将来あなたはこの病院を継ぐんだから、変な噂を立てられないように」と続けた。「イシャ」と母が言う時、幼い私はそれがどうしても「医者」に変換できなかった。アラビアかどこかの、外国の香辛料のように聞こえたものだ。母が口にするその響きは時に苛烈で、優しいBGMが流れるパステルカラーのクリニックの待合室と上手くイメージを接合できなかった。

「カレンちゃん、ほら。こっち」

職員の女性が連れてきたのは、小柄でやせた女の子だった。大きすぎる白いTシャツとハーフパンツからは、細い肢体が伸びている。

それが艮さんだった。

渋々と彼女は頭を下げた。勢いよく頭を下げたせいで、ベリーショートの髪が生き物のように躍動した。

「じゃ、カレンちゃんお願いね。彼女、ここを手伝ってもらって長いから、みんなも安心してください。じゃ、キッチンにいきましょうね」

中年の女性特有の早口でまくし立てると、子ども達はわいわいと歩き出す。その後ろに私たち家庭科部員と顧問の先生が続き、さらに後ろから職員と艮さんが続く。

「艮さん……よね？」

顧問が艮さんに話しかける声が背中から届いた。

「ボランティアしてるんだ。えらいねえ」

手離しで褒める言葉に、艮さんは「はあ」とか「まあ」とか気のない返事をしている。

昼ごはんはたこ焼きだった。キッチンには、既に溶かれたたこ焼き粉と一口大に刻まれた具材が用意してあり、私たちがすることといえばエプロンを着て三角巾を巻くことくらいだった。私は母のものをそのまま持参していたが、先輩の一人はキャラクターが沢山付いた気合の入ったエプロンを着ていた。

それに気づいた子どもの一人が駆け寄った。先輩のエプロンを指さして、アニメのキャラクターの名前を叫んだ。

「すげえ！　かっけえ！」

「いいなーいいなー」

「これちょうだい！」

子どもに囲まれた先輩は、嬉しそうにエプロンを広げ、一周回って見せている。固い音が何度か鳴った。

「あ」と、ふいに職員が、何かに気づいたように声を上げた。「先生、ちょっと」

「はい？」

職員が顧問に耳打ちをしながら、キッチンを出ていく。十秒もしないうちに、今度は顧問が顔だけでキッチンを覗き込んだ。

「橘《たちばな》さん、ちょっと来てくれる？」

「あたしですかぁ？」

橘さんというのは、先ほどのかわいらしいエプロンの先輩だった。見た目同様、おっとりした足取りでキッチンを出ていく。私はそれを見送りふりをして、視線を艮さんに向けた。彼女は不機嫌そうな表情のまま、子どもたちの肩に手を置いて、お玉を手に取ろうとする子どもの動きを封じ込めていた。

しばらくして、三人は戻ってきた。橘さんを先頭に、疲れた表情の大人二人が続いた。

「さあ、たこ焼きパーティー、始めましょー！」

帰って来るや否や、橘先輩が高らかにそう宣言した。

待ってましたとばかりに、子ども達が我先にとお玉を手に取る。一番年長であろう、小麦色の肌の少年が、黄色いたねを半円球のホットプレートへ流し込み始めた。それを支えようと、橘先輩が手を伸ばし――。

悲鳴が上がった。

最初は、何が起こったのか分からなかった。分かったのは、悲鳴を上げたのが橘さんで、彼女のエプロンが水びたしになっていること、それから彼女の目の前に空っぽのコップを持った艮さんが佇んでいることだった。

艮さんが橘先輩に、コップの水をぶちまけたのだと理解するまで、少し時間がかかった。

「あんた、なにすんのよ！」

橘先輩はそう叫んだ後、しゃがみこんで泣き始めた。慌てて、部員たちが彼女にかけより、ハンカチなどを渡し始める。若い顧問は急展開におろおろとしているし、職員はつられて泣き出した子どもの対応に追われていた。

その間、艮さんは何もせず堂々と立っていた。

先ほどまで小さな子どもの肩を押さえていた右手には、空のグラスが握られたままだった。彼女の無地の白いシャツに、跳ね返った水しぶきが返り血のごとく散っていた。

その後、艮さんは職員に促されてキッチンを出ていき、とんでもない空気でたこ焼き作りは始まった。橘先輩はエプロンを替えるだけで済んだが、それから一言も口をきかなかった。

「――変わった子でしょう?」

と、私はそんな夏休みの出来事を、かいつまんで月火野さんに説明した。しかし月火野さんからは、

「ふうん」

と、ぼやけた返事がきただけだった。光る爪がブラウスの袖口を確かめるように撫でている。思いを巡らせているようだったが、ふいにすごい勢いでスマートフォンを叩き始めた。

しばらくして、一仕事終えたように月火野さんは立ち上がった。

「次はどこに行くんです?」

「とりあえずコンビニでジュース買おうかなって。葉月ちゃん、自転車通学だっけ?」

「いえ」

コンビニエンスストアは、昇降口とは反対側の西の裏門の前にあった。裏門の近くには自転車置き場があって、通学に自転車を使用する生徒の多くは、昇降口から校舎に入らずに西側にある出入口から校舎に入る。コンビニエンスストアに行くには、その西側の下駄箱に靴を置いている誰かから、靴を借りた方が早い。

月火野さんが私に自転車通学か聞いたのは、そのためだろう。仮に私が西側の下駄箱に靴を置いていたとしても、自分の靴を他人に貸したりはしないが。

「そっか。なら、他の部でも見に行こうかな」

「自然科学部は楽しかったって、クッキーを買いに来た人が言ってましたよ。変わった人が部長

みたいですね」

「ふうん。自然科学部って、何してるんだろ」

「からくり装置でしたね」

「よく知ってるなあ、ほんと」

彼女は空になったペットボトルを片手に立ち上がる。スカートが揺れ、白い太ももが残像のように網膜に残る。

家庭科室を出る前、言い残したことがあるかのように、彼女は振り返った。漆黒の瞳がじっとりと私を捉える。その瞳は何かを訴えかけてくるようだった。

ふ、と彼女は静かに息を吐いた。

「葉月ちゃん」

「はい」

「葉月ちゃんのそれも、つまんないよ」

「はい？」

月火野さんはどこか斜め上、低い音を発する蛍光灯あたりにアンニュイな視線を投げかけていた。桃色の下唇を一度舐めて、

「文化祭と同じくらい、つまんない」

カタン、と恐ろしいほど軽薄な音でドアが閉まる。残ったのは、夏の気配の残る蒸し暑い空気と、ジンジャーエールの匂いと、呆然とした私。

彼女は何を言っているのだろう？　考えてみるが、何も思い当たらない。

文化祭の冊子を見るのもさすがに飽きて、わたしはスマートフォンを起動した。メッセージア

プリを開くと、メッセージが届いていた。

月火野さんだった。

ほんの五分前、彼女が私の隣にいる時に送信したものだった。「今隣にいるんだから」という書き出しで、長文がいくつか貼り付けられていた。

『今隣にいるんだから、別にメッセージで書く必要もないし、口で言えって話なんだけど。ね、葉月ちゃん、さっきの夏休みの施設の話だけどさ』

『どうして嘘ついたの？』

『嘘ってのも違うか。さっきの話で、わたしに何を伝えたかったのかなって。だって、葉月ちゃんも気づいてるんでしょ？　艮さんが橘さんに水をかけた理由』

『艮さんが、施設の子どもを守ろうとして、仕方なくそうしたんだってこと』

『さっき、橘さんは色んなキャラクターが付いたエプロンを着てた、って言ってたよね。葉月ちゃん、詳しく言わなかったけど、それってワッペンか缶バッジか、そういう安全ピンで留めるようなものが付いてたんじゃないの？　固い音がした、って言っていたしさ。バッジなんて、どう考えても危険だよ。子どもたちと関わるときに、何かの拍子で針が外れて目に入りでもしたら、けがじゃすまないかもしれないし』

『だから、職員の人や先生は橘さんを呼んで、違うエプロンに変えさせようとしたんじゃないのかなあ。その場で注意すればいいのにそうしなかったのは、その施設と橘さんが関係あるからなのかもね。ほら、施設の名前〝たちばな会〟なんでしょ？』

『とにかく、職員や先生の話を橘さんは聞かなかった。あまり関わりがないけど、橘さんってそんな感じだもんね。他の人と違う格好をすることが自分らしさ、みたいな。だから仕方なく、艮さんは水をかけたんだろうね。職員や先生の言うことを聞かない子が、艮さんの言うことを聞くわけないから。水に濡れたら、さすがに橘さんでも、エプロンは変えるしね』

『別に、艮さんのやり方が正しいとか、そういうことが言いたいんじゃなくてね』

『わたしも詳しく知らないんだけど、葉月ちゃん、艮さんの親友だって聞いたよ？　そっちで話を膨らまそうと思ってたんだけど、思ってるのと全然違う話を始めるんだもん。〝艮さんが頭おかしい変な奴〟みたいな話をするから、びっくりしたよ』

『葉月ちゃんが艮さんの意図に気づいておきながら、あえて艮さんの悪い印象をわたしに植え付けようとした理由は知らないけどさ』

　メッセージは、そこまでだった。

　最後のメッセージの下には『つきひのさんがメッセージの送信を取り消しました』と続いている。最後に何かメッセージを私に送って、その後彼女が消したのだ。

　メッセージ上の月火野さんは饒舌だった。もしかしたら、案外お喋りな子なのかもしれない。ただやはり、性根は良くなさそうだな、と思う。パパ活をしているという噂も、信じたくなるほど。

　息を吸うと、まだジンジャーエールの香りが家庭科室に残っている気がした。

　月火野さんは、私と艮さんが親友だと書いていたが、それは誤りだ。彼女とは小学生の頃からの付き合いで、本当にそれだけだった。

　彼女は小学生の頃から、クラスのどの子どもよりも間違いなく大人びていた。背は低かったが、よく他人の些事に目がいく少女だった。私に積極的に話しかけてきたのも、いつも独りで本を読んでいる私を、気にかけたからに違いなかった。

「あたしも小説好きなんだ」

と、夏休みのプール終わりの図書室で、彼女はにかっと笑った。驚くべきことに、彼女は私が読んだ小説のほとんどを読破していた。今日日、私以外にそんな小説を読む小学生がいるのかと嬉しかった。同級生と物語の良し悪しについて会話をしたのはそれが初めてで、私は興奮して夕方まで話しこんだ。

艮さんは月火野さんとは違う意味で、魅力的だった。

奇妙に純粋なところがあったのだ。「どうして?」と彼女はよく先生に尋ねていた。「どうして、挨拶をしないといけないの?」。彼女の問いかけはシンプルだった。色あせたTシャツを着た少女が、綺麗な高い声でそういう時、大抵教師は一旦フリーズをした。彼女が言葉を投げる時、まるで抜き身の真剣を突きつけているように空気が引き締まった。私はそんなことができるのは彼女だけだと尊敬していたし、クラスメイトの幾人かも同じように憧れを抱いていたと思う。冬でも半袖・短パンの小太りの男の子、望也君も多分その一人だ。

誰かに共感してほしくて、一度食卓で艮さんの話をしてみたことがある。家で友人について語ることがほとんどなかった小学生の私の話に、母は興味深そうに耳を傾けた。

「その子は、どういう子なの?」

語り終えた私に、母は赤ワインの入ったグラスを傾けてそう尋ねた。

だから先生にも物おじせずに尋ねるような……と続ける私の話を、母は頭を振って遮った。

「お父さんやお母さんは、どんな仕事をしているのかしらね」

当時、艮さんの家族構成について私は知らなかった。家族構成が艮さんにどれほど関係するのだろう、と純粋に疑問に思った。

私が艮さんの家族構成について知ったのは、中学三年生の頃だ。

彼女の名字が艮という珍しいものに変わり、それが母方の名字だという事実がまず広まった。その後に、彼女の母は繁華街でバーを経営していること、そして父親は無職だったということも広まった。

そうした噂がクラスのみんなに行き渡った、ある授業の日のことだ。

その日の家庭科は調理実習で、サケのムニエルを作ることになっていた。私と艮さんは同じ班だった。

無事に盛り付けまで終わり、皆で食べようとなったとき、同じ班の女の子の二人組が、顔を見合わせて意地悪な表情を浮かべた。その意味が分かるまで、数秒かかった。彼女たちは艮さんを無視している女の子たちの筆頭で、艮さんが調理に関わった料理を食べないことにしよう、と取り決めているらしかった。それに何の意味があるのかは分からない。彼女たちも意味なんて求めていなかっただろう。

馬鹿らしい、と思って私が勝手に食べようと箸をとると、思いがけず隣で声が上がった。

「……あの、おなかいっぱいなんで残していいですか?」

声の主は、先ほどの二人組とは違う女子生徒だった。クラスでも目立つ子ではない、集団の隅でにこにこ微笑んでいるタイプのごく普通の女の子。

「あ、実はあたしもー」「味見でたくさん食べちゃったっていうかあ」と、にやにやと二人組が続いた。その班で何も発言していないのは、今や艮さんと私だけだった。

この子たちはなんてつまらないことをしているんだろう、と私は思った。このムニエルを食べないことで艮さんを傷つけて、それの何が楽しいのだろう。

しかし、私の手も動かなかった。

まるで、箸が鋼鉄になったかのように重かった。バターの香りが鼻孔にからまって苦しい。数センチ、ほんの数センチ箸を動かすだけ、それだけなのに。どうしてこんなに――。

「あたしが全部食べるから」

重い沈黙の緞帳を、艮さんはひょいと引っ張り上げた。片方の手で頬杖をついたまま、

「あたしが食べるから、置いといて」

そう言って、彼女は笑った。

その時初めて、私は笑顔に音がすることを知った。古い鉄の扉を力任せに閉める時の軋んだ音が、彼女の笑顔から鳴った。

それから今まで、艮さんと一言も話していない。

つまらない、と先ほど月火野さんは言い残した。

私の何がつまらなかったのだろう?

養護施設の話に対して、月火野さんが「確かに変な子だね」と艮さんを評価する。それを聞いて私は「やっぱり艮さんは変な子なんだから、彼女と関わりを絶ったのは正しかったのだ」と安堵する。私がわざわざ、月火野さんの前で艮さんを貶めた理由は、つまりはそういうことだった。

それがつまらない、と言いたいのだろうか。

月火野さんの「つまらない」は、「馬鹿らしい」と同義だった。彼女にとって、破綻したお題目を信じるクラスメイトと今の私の姿は、同様に馬鹿らしいものに映ったらしい。

だとすると、私が信じている破綻したお題目とは、一体何なのだろう?

『つきひのさんがメッセージの送信を取り消しました』

その文字を見つめていると、ドアが開いた。

「やっほー。あれ、葉月ちゃんだけ?」

橘先輩は、今日は真っ白いエプロンを着用していた。黒いブレザーに大量のフリルのついた純白のエプロン姿は、漫画の清楚なキャラクターを彷彿とさせた。派手な顔の橘先輩に似合っているとは、とてもではないけど言えない。

「橘先輩こそ、今シフトじゃないですか?」

シフトでは、彼女は今の時間、校内で家庭科部のビラを撒いているはずだった。

「あ、ビラ撒きぃ? あんなの、ビラを貰った瞬間に終わらせたよー」

今朝貰ったビラは百枚ほどあったはずだから、そんなことは物理的に不可能だ。大方、後輩か友人かに押し付けたのだろう。

「あの、先輩」

「ん? なあに?」

「先輩のご家族って、もしかして夏休みの時に行った施設のご関係者の方ですか?」

「そーだよ。どうかした?」

「いえ」

唐突なわたしの質問に訝し気な表情を浮かべたが、すぐに思考を停止したようだった。それよりも葉月ちゃん、と甘ったるい口調で呼びかけられる。

「誰か待ってるの?」

「え?」

「真剣にスマホ見てるからさあ。あ、もしかして何かやましい画像とか見てた?」

ホームボタンを押すと、画面が暗転する。

冗長な文章も、取り消されたメッセージの通知も消えた。

「別に、何も」

と、私はつまらない問いにも、医者の娘らしく落ち着いて応える。

＊田中梓《たなかあずさ》＊　午後三時五十四分

自然科学部の実演が終わったのは、つい二、三分ほど前のことだ。

わたしは理科室をぞろぞろと出て行く生徒たちを見送る。販促のためにコスプレをしている子もいれば、ぶかぶかの野球部のユニフォームを着ている女子もいる。彼氏のユニフォームなんだろうけど、痛いって気が付いてないのがもう、ダサい。

こんな田舎の高校の文化祭、何が楽しいんだか。

有名なお笑い芸人が来るわけでもないし、たくさん模擬店が並ぶわけでもない。おままごとみたいなものだ。これで愉快になれるのだから、おめでたいにもほどがあるなあ、ほんとうに。

悪い気分を誤魔化すように、スマートフォンでニュースを探した。芸能人の結婚、株の値上がり、政治家の汚職。特にめぼしいニュースはなくて、さらに気分が落ち込む。何かもっとこう、世界がひっくり返るようなニュースがあってくれてもいい。

机の上にあるわたしの自転車の鍵に付いたキーホルダーは、夏に帰省した姉さんがくれたものだ。もちろん「あたしはいつでもディズニーランドに行けるんだぞ」と暗に自慢したいだけだ。

どこにでも見かける黄色いクマは、腹が立つほど幸せそうにはちみつを舐めている。

「ねえ。今、ちょっと時間ある？」

顔を上げると、女子生徒が立っていた。文化祭実行委員の腕章をしている。三年生の吹奏楽部の人だったかな。美人で有名な人だ。何度か全校集会で表彰されているのも、見たことがあった。確か、市ヶ谷とかいう名前だったっけ。生まれてこの方、全校集会で名前を呼ばれたことのない平凡なわたしには、眩しい存在だった。

「私は三年の市ヶ谷。こっちは佐竹。ちょっと、聞きたいことがあって。ここ、座っていい？」

「あ、はい。どうぞ」

市ヶ谷先輩が四角い椅子に座る瞬間、ふわりと甘い香りがする。最近流行りで、同じ香りを漂わせている生徒が何人もいる。ＳＮＳで流行っているというのは知っているけど、買ったことはない。最先端のものを取り入れても許されるグループに、わたしは属していない。

整ったまつ毛の奥の瞳が、二、三度理科室を往復した。

「榊《さかき》くんは？　どこにいるの？」

わたしはつい先ほどまでいた、自然科学部部長の天然パーマを探す。聴衆はみんな出て行ってしまっていて、理科室にいるのは私と目の前の市ヶ谷先輩、そして歩き回って実演装置を興味深そうに眺める佐竹先輩だけだった。佐竹先輩も文化祭実行委員の腕章を持っているが、腕につけず指先でくるくる回して遊んでいる。

「榊さんですか。さっき誰かに声かけられて出ていって、まだ戻ってないですね」

「そっかー。声かけたのって誰だろ？　すぐに戻ってくるかな？」

「さあ。男子で、多分二年生だと思います。その人も文化祭実行委員の腕章してましたよ。榊さんの友だちらしくない、普通っぽい見た目の人でしたけど」

冗談っぽく返してみる。市ヶ谷先輩も苦笑を漏らしてくれた。人気者の先輩にも自然に軽口を叩けた自分に満足する。っていうか榊さん、やっぱり三年生の中でもそういう扱いなんだ……。奇人というか変人というか。

「榊くんにも、普通の友だちがいるんだね。あなたも、榊くんの後輩の割には普通そうね」

……いやあ、どうだろ。

「まあ、何にしろ、あの子がいないなら仕方ないかな。……ねえ、これ、見たことある？」

その時初めて、市ヶ谷先輩の右手に何かが握られていることに気がついた。手渡されたのは二つに折られたポスターだった。広げると、『ＢＥ　ＹＯＵＲＳＥＬＦ』というスローガンが描かれている。

「あ、これ、もしかして二年前の文化祭の？」

「あれ、知ってるんだ。あなた一年生じゃないの？」

「だって、あの事件の時のですよね。ＳＮＳで炎上したやつ」

「うん、そうだよ」

市ヶ谷先輩のくりっとした目がわたしを覗き込む。何かを探られているのは分かるけど、それが何かは分からない。とりあえず、わたしについてのことではないことは確か。

「あの、何か……？」

恐る恐る尋ねると、彼女は質問を変えた。

「じゃあ、今朝の七時から七時半の間、榊くんがどこで何してたか、知ってる？」

榊さんの今朝の行動？

なるほど、とそこで合点がいった。テストで平均点付近をうろうろしているわたしだって、そこまで馬鹿じゃない。

「もしかして榊さん、二年前みたいなこと、またしようとしてるんですか？」

二年前、この文化祭で怪我人が出る騒ぎがあった。中庭に積んだ机に生徒が乗って騒いでいた時、それが倒壊したのだ。机の上にいた生徒は無事だったけど、下にいた先生が怪我をした。

その机の上にいた生徒が榊さんだ。自然科学部の部長。

わたしの質問に、やれやれといった具合で、市ヶ谷先輩は首を振った。

「さすがにないと思いたいけどね」

その事件はSNSや動画サイトで拡散され、ニュースでも取り上げられる騒ぎになった。学校側も収拾に追われ、結局榊さんは数か月停学になったらしい。そのため、一年留年した。榊さんは本当なら三年生のはずだけど、今は二年生だ。

市ヶ谷先輩の口調は穏やかだけど、妙な気迫がある。

「ただ、今朝入口を入ったところにある掲示板に、このポスターが貼られてたの。念のため確認しておこうってね。あなたも何か知らない？　七時から七時半の間に、そのあたりで誰かを見なかった？」

今朝の七時から七時半か。ちょうど、わたしが登校した頃の時間だった。自転車置き場に自転車を置いて校舎に入って、ああいい天気だなあ、なんて欠伸をしていた。あ。

「誰か、何かを貼ってる人がいたような。ポスターじゃないかもしれないですけど」

「誰？　時間は？　どんな様子だった？」

郵便はがき

料金受取人払郵便

牛込局承認

5517

差出有効期間
2025年6月
2日まで

162−8790

新宿区東五軒町3−28

㈱双葉社

文芸出版部 行

ご住所	〒		
お名前	（フリガナ）	☎	
		男・女・無回答	歳
メールアドレス			

ご購読ありがとうございます。下記の項目についてお答えください。
ご記入いただきましたアンケートの内容は、よりよい本づくりの参考とさせていただきます。その他の目的では使用いたしません。また第三者には開示いたしませんので、ご協力をお願いいたします。

書名（　　　　　　　　　　　　　　　　　　　　）

●本書をお読みになってのご意見・ご感想をお書き下さい。

※お書き頂いたご意見·ご感想を本書の帯、広告等（文庫化の時を含む）に掲載してもよろしいですか？
1. はい　2. いいえ　3. 事前に連絡してほしい　4. 名前を掲載しなければよい

●ご購入の動機は？
1. 著者の作品が好きなので　2. タイトルにひかれて　3. 装丁にひかれて
4. 帯にひかれて　5. 書評・紹介記事を読んで　6. 作品のテーマに興味があったので
7.「小説推理」の連載を読んでいたので　8. 新聞・雑誌広告（　　　　　　）

●本書の定価についてどう思いますか？
1. 高い　2. 安い　3. 妥当

●好きな作家を挙げてください。
（　　　　　　　　　　　　　　　　　　　　）

●最近読んで特に面白かった本のタイトルをお書き下さい。
（　　　　　　　　　　　　　　　　　　　　）

●定期購読新聞および定期購読雑誌をお教えください。
（　　　　　　　　　　　　　　　　　　　　）

「女性だったことくらいしか。なんかメイドのコスプレをしてたんで、目について。時間は、七時十五分くらいだったかなあ」

「何を貼ってた？」

「さあ……。ほんの数秒だったんで」

「ちなみに榊くんはその時、どこに？」

「榊さんは会議だとかで。七時すぎくらいに三階に行ってた、って後から聞きましたけど」

市ヶ谷先輩は顔だけで後ろを振り返る。

「だってさ、佐竹。どう思う？」

佐竹先輩は、先ほど実演に使った装置を面白そうに眺めている。「んー。よく分かんない。そっちはのぞみちゃんに任せるよー」

おおげさに目の前の市ヶ谷先輩は溜息をつく。「佐竹が見回りとか言い出したくせにさあ」という呟きは、ドアの開く音でかき消された。

「おっつかれー。……あれ、市ヶ谷に佐竹やん」

噂の榊さんだった。寝ぐせとも天然パーマともつかない髪をうちわで扇ぎながら、近づいてくる。がに股の足が、市ヶ谷先輩の目の前で止まった。「どうしたん？　うちの田中になんか用？」

「んー、ちょっとね」

榊さんは丸い大きな眼鏡を、親指の第一関節で持ち上げた。糸のような目をさらに細くして、市ヶ谷先輩をうちわで小突く。「その言い方、気になるやん。教えてや」

「何もないって……。っていうか、なんなのその格好」

榊さんは真っ青なアロハシャツを着ていた。しかもサイズが合っていない。「おとんのやつを拝借したんや」と朝から何度も説明されていた。けど、なんでそんなに自慢げなのか、そもそもなんでアロハなのか。もう全然分からない。

「ええやろ、これ。祭りっぽくて」

市ヶ谷先輩はアイブロウで綺麗に描かれた眉尻を下げて、ハイビスカスを見つめた。「うーん。アロハって、言うほど祭りっぽいかな？」

「アロハっていえばハワイやん。ハワイは常夏やろ。夏と言えば祭り。故にアロハは祭り」

「うん、まあ、榊くんが楽しいんだったら、いいけどね」

「なはは。で、何の話してたん？」

話を逸らすことのかなわなかった市ヶ谷先輩は視線を落としたけど、諦めて口を開いた。

「単刀直入に聞くけど。榊くん、今年も何かしようとしてる？」

「え？　オレが？　何かってなに？」

言いながら両手を挙げて、目を丸くひんむいた。『驚き』のポーズらしい。榊さんはいつも大げさなリアクションばかりだから、本当に動揺しているのか、判別するのはとても難しい。

「何かって、二年前みたいに、文化祭の予定にないようなことよ」

「せんよ、せんよ。そんなもん」

「同じ言葉を二度繰り返すのって、嘘の時らしいよ」

「なんやそれ。ほんまになんもせんってば」

「じゃ、このポスターを掲示板に貼ったのも、榊くんじゃないのね？」

と、市ヶ谷先輩は先ほどのポスターを榊さんにも広げてみせた。榊さんの目が鋭く光ったのを私は見逃さなかった。

「……なんやこれ。二年前のポスターやん」

そう口を開いた時にはもう、榊さんは落書きのように摑みどころのない表情を取り戻していた。

「そう。これが入口の掲示板に貼られてたの。学校側は二年前みたいな事件を生徒が起こそうとしてるって思ってる」

「やから、オレちゃうってば」

榊さんはうちわを振って市ヶ谷先輩をあしらった。市ヶ谷先輩はナチュラルにチークを乗せた頰を持ち上げつつ、そのうちわの面をつかんで止める。表情は笑っているけど、目は笑っていない。髪が乱れるのが嫌なんだろう。きっと一時間くらいかけてせっせとセットしたに違いないのだ。ヘアセットなんて概念がない榊さんに、察することなんてできっこない。

ねえ、と呼び掛けてから、市ヶ谷先輩は変に間を置いた。アイラインで縁取られた目で榊さんの表情をじっと観察して、ようやく呼びかけた。

「もし何かをするにしても、ほどほどにね」

身構えていた榊さんには予想外の言葉だったらしい。はあと間の抜けた声を漏らしただけだった。

市ヶ谷先輩はスマホを手鏡代わりにして、自分の髪を直しながら言う。

「犯人見つけてそれを止めようなんてさ、私はそんなこと考えてないよ。正直、生徒が楽しんでるんだったら何したっていいんじゃないかな、って思ってる派なわけ」

「おいおい。お前、実行委員やん。そんなこと言ってええんか」

「だって、学校側の言いなりになるのなんて、青春っぽくないじゃない？　文化祭はやりたいことやって、本当の自分を見つける機会でしょ？」

そう言って、市ヶ谷先輩は鼻を鳴らした。

「何かやってもいい。けど、やりすぎたらだめだよ、って伝えてあげようと思ってさ」

言いたいことはそれだけ、と市ヶ谷さんは颯爽と背を向けた。「佐竹、行こう」

佐竹先輩はまだ興味深そうに装置を眺めていたが、渋々といった風に市ヶ谷先輩の後を追った。

「あ、そうだ。ねえ、田中さん」

半分だけ身体を残して、佐竹先輩が振り返った。スカートがひらりと揺れる。短いソックスを履いているから、全体的に肌色が多い。わたしは急に自分の名前が呼ばれたことに驚いていた。

「田中さんがずっと触ってたそれ、自転車の鍵？」

手元の黄色いクマのキーホルダーに目を落とす。「はい。まあ自転車通学なんで」

彼女は一瞬考えるように視線を巡らせた。なにが言いたいんだろう、と戸惑っていると、八重歯を見せて言った。

「そのキーホルダー可愛いなって思ってさ。ごめん、それだけ。じゃね」

言い残して、軽い足取りで理科室を去っていく。取り残されたわたしは何も言えずに見送った。一体、何が言いたかったんだろう。ちょっとあれな人なのかもしれない。

「ったく。なんや、あいつら」

榊さんはぶつぶつと文句を垂れながら、もじゃもじゃの髪の毛を掻きむしっている。ふけが飛んでこないように距離を取りつつ、わたしは尋ねた。

「榊さん、今年はほんとに何もしないんですか？」

「人が怪我するようなあんなこと、もうせんよ」

榊さんはへらっと表情を崩した。顔のパーツの中で、唯一眼鏡だけが固体のように見える、気の抜けた顔の作りだった。

ただ、笑顔の奥に奇妙な冷たさもあるように見えるのは、思い違いでもないだろうな。多分、本当に後悔しているのだ。

榊さんにとって、あの事件の代償は大きかった。

留年、退部、世間からの反応。世間からの反応というのが一番堪えたんだ、と聞いたことがある。確かに、ネット上では数えきれないほどの批判的なコメントが寄せられていた。テレビも一時期は大きく扱った。学校での反響はもちろんそれ以上で、教師も生徒も榊さんを腫れ物扱いするようになったという。

榊さんはそれまで、学校の人気者だったらしい。

彼の関西弁はテレビでお笑い芸人が話すそれと同じく機知に富んでいて、人懐っこく、しかも勉強もできた。とりわけ勉強に関して言えば、授業は寝てばかりのくせに模試で難関大のA判定を取るという妙技までやってのけたらしい。生徒にとっては、まさにヒーロー的な存在だった。

それが、あの一件ですべて失われたわけだ。

勉強も運動もできないわたしには、その転落の心境は想像できない。いつか聞いてみたいな、とは思っているけど。

「田中ぁ」

「はあ」

「そんなことええから、手伝って」

「あ、はい」

榊さんはちょうど、片栗粉を溶いた水槽を手でかき混ぜている最中だった。アロハシャツの丈が長いせいで、裾が水槽の中に入ってしまっている。なんというか、服を汚してまで変人を装う必要はないと思う。痛々しくて、かわいそうだ。

自然科学部の実演はピタゴラ装置だった。テレビの教育番組でやっているあれだ。ボールを転がしたり、普段使われる道具を動かして稼働させるからくり装置。装置には、自然科学部っぽくビーカーやフラスコを使ったり、生徒の注目を集められるように鉛筆なんかの文房具を使っている。最後は、ノートパソコンのボタンに物差しが倒れて、スクリーンに映像が投影される仕組みだった。映像は、榊さんが自分で撮ったわけの分からないダンスだった。

正直に言って、装置というほど大したものではない。自然科学部とはいっても名ばかりだから、できることと言えばこれが限界だ。

榊さんが直しているのは衝撃を与えると固くなる、片栗粉のダイラタンシーという性質を紹介する装置だった。わたしは榊さんの隣に行き、水溶き片栗粉の上に落ちる予定の鉄球を拾い上げる。

「あのぅ、榊さん」

「ん、なんや」

「あの二年前の事件なんですけど」

「うん」

「なんであんなことしたんですか？」

半年ほど同じ部活動に所属していながら、その質問は初めてだった。実のところ、いつかは尋ねたいと思っていたのだ。その話題が出た今は、絶好のタイミングだった。

榊さんは数ミリ眉根を寄せた。片栗粉を混ぜる手を止めないまま、

「あんなことって、なにが?」

「いや、だから、動画で机の上に乗って何かしてたじゃないですか。あれ、何してたんですか?」

「お前、うちの高校卒業した姉ちゃんおるやろ。姉ちゃんに聞いたらええやん」

「そんな仲良くないんで」

「なんでって言われてもなあ」

言い淀んでいるけど、本当は言いたいに違いない。もしわたしが榊さんの立場なら、きっと言い訳をする機会を欲するに違いないから。わたしはポケットに手を入れて榊さんのもとにしゃがみ込む。

「教えてくださいよ。気になりますし」

榊さんはやんわりと息を吐いた。榊さん特有の息の吐き方だ。溜息というほど重いわけでもなく、ただの呼吸というほど自然なものでもない。聞く者の耳をひきつける、意味深な息の吐き方。

そうやなあ、と榊さんはアロハシャツの肩の辺りで口元の汗をぬぐった。

「馬鹿なことを毎年やるのが、この学校の文化祭の伝統やねん。教師を風刺した映画撮ったり、テストの予想問題集を売ったりしたりな。で、あの年は『未成年の主張』をしようって話になったんや」

同じ企画をどこかのテレビ局でやっていたが、確かあれは屋上だったはずだ。そう言うと、

「屋上は東棟から行けるけど、生徒立ち入り禁止やん。実行委員やったら鍵持ってるから、ほんまは実行委員を抱きこもう、っていう話やったけど、上手くいかんくてさ。で、中庭でそれっぽいセッティングを作ろう、ってなったわけ。分かるやろ?」

なるほど、と頷いて見せるけど、既にあまり意味が分かっていない。「分かるやろ？」と言うのは、一体何の同意を求めているんだろうか。

それで、と先を促す。気分はもはやインタビュアーだった。ポケットの角度をそっと整える。

「それで、何を主張したんですか？」

「一人ひとり壇上――壇上っていっても机を重ねただけやけど――に上って、交代交代でな。軽音学部はギター弾いてたし、放送部は先生を皮肉った実況をしてたし、あとは授業の不満を言うやつとか、面白くもない告白とかもあったよ」

「それだけで、あんなに人が集まるんですか？」

「大抵の生徒は、イベントを楽しみにしとるから」

「でもあの動画だと、昼過ぎでしたよね。昼過ぎって一番ダレる時間なのにあれだけ人が集まったのは、やっぱり榊さんがいたからじゃないですか？　ね、榊さんは何を主張しようとしたんです？」

ぴくり、と榊さんは手を止めた。

水溶き片栗粉に両手を突っ込んだまま、天井を見上げる。何だか喜劇の中の道化師のような格好だった。

何かを思い起こすように、「なるほど、なるほどなあ」と口の端から言葉をぷかぷか浮かべている。

なにがなるほどなのか、そんなことはどうでもいい。わたしはその先が聞きたいのだ。

「それで、榊さんはなんの主張をしたんですか？」

「うーん」

「教えてくださいよ」

「いいけども。それより」

「はい」

「あれは、田中、お前の仕業か」

「はい？」

「あの動画、ネットにアップしたの、お前なんや」

いいえ、とすぐに答えればよかった。

慌てずに、「何を言っているんですか」と。

普段のわたしで、相手も普通の人なら、そうできたかもしれない。けど、今日は文化祭で、そして目の前の相手は普通の高校生ではなく、榊さんだった。蛍光灯で白く光るまつ毛の下の一重の眼差しが、包み込むようにわたしを捉えていた。

「そんなわけ、ないじゃないですか」

たじろいでそう言うわたしに、榊さんの掠れ声が優しく降り注ぐ。

「ならお前、なんで時間知ってたん？」

「え」

「あの動画、時計映ってへんやん。映ってたのは、時計の下の校章までや。お前、さっき『昼過ぎ』って言ってたな。なんで時間知ってたんや？　それは編集する前の元動画を、お前が持ってるからちゃうんか」

それは――。

「それは、姉から聞いたから」

「それは嘘や」

「嘘かどうかなんて」

「だってあの事故があったの、昼前やもん」

わたしは声に出さずに笑う。

カマをかけようとしているのだろうか。そんなはずはない。姉の顔が映らないように編集した際に、何度も何度も見たのだ。動画で時計は午後一時前を指していた――。

何を答えるのが正解なのか考えるわたしを放って、彼は立ち上がると傍にある手洗い場に向かった。洗い終えた手をズボンで拭くと、尻ポケットからスマートフォンを取り出し叩き始める。すぐに、ぽいとそれを放り投げてきた。画面には、例の動画の壇上の学生が映った瞬間を一時停止したものが映っていた。

「これ、オレの襟もと分かる？　襟もとが光ってるの、見えるやろ。学年章や。右の襟もとやなくて、左の襟もとに学年章が付いとる」

「それが？」

「学年章は、うちの高校では普通右の襟やろ」

「……」

「お前も知っとるやろうけど、アプリによっては、スマホのインカメラで写真や動画を撮れば、鏡みたいに左右反転の映像になる。言いたいこと、分かるか？」

左右反転？　つまり、どういうこと？　動画の時計は午後一時前を指していた。しかし実はあれは十一時過ぎで、つまりわたしは――。

「つまり、あの事故があったのが昼過ぎやって間違えられるのは、編集で時計が切り取られる前の元の動画を見たことある奴だけやねん。それは、編集してあれをネットに上げた奴しかおらん。姉ちゃんの顔が映らんようトリミングした、ってとこか？」

立ち尽くして、わたしはもう何も言えなかった。

榊さんも黙ってわたしに背を向けた。しゃがんで、また水槽をかき混ぜている。

体育館から漏れ聞こえる吹奏楽部の演奏が、潮騒のようにぐわんと響いた。シンバルの残響が理科室の静寂を際だたせる。

「……なにか、言うことはないんですか？」

わたしは耐えきれず、そんなことを口走る。

どう勘違いしたのか、榊さんは鼻をすすった。

「オレが何を言うことがあんねん。あほ抜かせ。あれはどう考えてもオレが悪いわ。反省だって、後悔だってしとるよ。色んなとこに迷惑かけたしな。当時の文化祭実行委員長にはめちゃくちゃ尻拭いさせてもたし。あいつ、毎日毎日生徒を代表して会議に出席して、先生に詰められて……。それに、なにより怪我させた先生にはなあ」

言いながら、殊勝に目を伏せている。違う。そうじゃない。わたしが聞きたいのはそんなありふれた反省じゃなくて——。

「そうじゃなくて……」

「そうじゃなくて、なに？」

ふざけたアロハシャツの上にある細い目が、わたしを捉えて離さない。「お前、オレの後悔とか反省とか、そういう姿が見たいんちゃうんか？」

その瞳はやけに光って見えた。全てを見通すような。全部分かっているような。

ダイラタンシーだ。

水溶き片栗粉は普段は流体なのに、力が加わると石のように固くなる。榊さんもそう。普段は天然パーマをなびかせて、ふらふらとゆるキャラを装っているくせに、こちらが力を入れると固くなる。

わたしは目を逸らさない。睨み返してやる。

ふ、と面白くもなさそうに、彼は目を逸らした。

「なあ、田中。この装置って、何がおもろいかわかる？　鉄球が落ちるのは辞書が倒れた力やし、辞書が倒れるのはボールが転がってきた力や。けど、一番はじめはオレが指でドミノをはじいただけやで？」

「それが？」

「それが、不思議やからおもろいねん。あんな小さな力やのに、色々なところに波及して、全然違うものを動かすからおもろいわけ。オレが最後にスクリーンで変なダンス踊る力は、元をたどればオレのデコピンなんやで？　不思議よなあ」

「で、何が言いたいんですか？」

「お前のしたいこともそれやろ、ってこと」

「……」

「小さな力が大きな動きに変わるのは、おもろいもん。ＳＮＳで動画一つ投稿するだけで、ニュースになる。誰かが見る。おもろいし、自分の力を過信したくなる」

「だから、なんなんですか？」

「一つ、言うといたるわ」

うちわで風を送るように、

「それでお前が何者かになれるわけちゃうと思うで」

わたしが、何者か。

「SNSをバズらせて、有名になって……お前、何者かになりたいんやろうけど。ほら、今もそうやって、ポケットのスマホでオレの言うこと録音して、どうするつもりなん」

とっさにポケットから手を抜いた。そこまで見抜かれていたなんて。

ため息交じりに彼は続ける。「動画をバズらせて、それがお前のなんやねんって話。承認欲求が満たされるのも分かる。冴えない自分も裏では有名人、って漫画みたいな立場に酔えるのも分かる。けど、それって本質的に何か変わってんのか？」

「あんたの人生が、現に変わってるでしょ」

「なはは。ほんまやな。一本取られたわ」

虚勢のないその笑い声が、ますます気に食わない。わたしの手は固く握られる。

「けどお前、SNSでそうやって承認欲求を満たすとしてやな。それは一体、誰に、誰を承認してほしくて、そうしてるんや？」

わたしが、誰に、誰を認めてほしいのか？

そんなもの決まっている。

口を開くと、もう止まらなかった。

「なるべく多くの人に、自分を承認してほしい。いや、誰だってそうでしょ？　だから市ヶ谷先輩は時間をかけて自分の容姿を整える。あんたがアロハを着て変人を装うのだって、そういうことでしょ？　わたしのSNSの投稿理由だって、それと同じ。むしろあんたらより断然あたしのほうが、多くの人に認められてる。一体、何万人がわたしの投稿を見たと思ってるの？」

早口でまくし立てて、残ったのはわたしの荒い息だけだった。

小首をかしげて、榊さんはふうむと一つ頷いた。

「ならお前は、ＳＮＳでバズる自分の投稿を見て『自分が認められた。これは自分らしい行いやな』って思うんや。仮にバズらん投稿をした時も、おんなじようにそう思えるものなん？　それって、結構しんどくない？」

「……」

榊さんはおもむろに鉄球を片栗粉の入った水槽に落とす。鉄球は水面で一度はずんでゆっくりと沈んでいく。水槽からあふれた流体がビーカーを転がしフラスコを回転させ、大きな音を立てて長い物差しを横倒しにする。その衝撃で、ノートパソコンが起動する。

壮大なＢＧＭとともに、スクリーンに動画が流れた。アニメのキャラクターの着ぐるみを着て、タップダンスを踊る榊さん。

榊さんが何も言わないから、わたしは尋ねた。

「……なにしてるんですか」

「なんとなく。したくなったから」

彼は親指で眼鏡を持ち上げた。笑ったようだった。

「ちなみに、オレの場合は『理由はないけど、なんかそうしたくなった』が、オレや。そういうのが『自分らしいな』って思う」

やってられなかった。

気が付くとわたしは理科室を出て、歩幅をめいいっぱい広げて歩みを進めていた。誰かと肩がぶつかったけど、気にしなかった。頭が沸騰しそうなほど熱かった。ちくしょう、と口の中で呟いている。

「ねえ、田中さん」

わたしを呼び止めたのは、クラスメイトの月火野さんだった。

彼女が気だるげに足を進めると、斜めに切った前髪が一束揺れた。一本一本に光を持つ綺麗な黒髪だった。廊下の窓から差し込む光で、唇が濡れているように見える。普通の制服姿なのに、コケティッシュな雰囲気だった。パパ活をしているらしいけど、そのときもやっぱり制服姿なんだろうか、と思った。

「なに?」

「あれ、なんかイラついてるじゃん」

くい、と首を傾げてわたしを覗き込む時、赤い髪留めが日に当たってきらりと光った。

「いやいや、そんなことないよ。……それで、なにかな」

「田中さん、自然科学部だよね。次の実演って、何時から?」

「次は四時半だよ」

「そっか。ありがと」

「……それだけ?」

「うん。じゃね」

「あの、月火野さん」

余韻も残さずに遠ざかっていく小さな背中を呼び止める。月火野さんは後ろ手に組んで、半身で振り返った。

「二年前のこの高校の事件って、知ってる？」

「知ってるけど」

「二年前の動画見た？」

「うん」

「どう思う？」

「どうって？」

「いや、何か思うところはないかなあって」

彼女の整った眉が中央によった。喉がこくん、と波打つ。

「いや、別に。何も」

ざわめきが遠ざかった。おもむろに言い放たれたそれは、あまりにも温度がなかった。整った容姿から発せられたその口調の抑揚のなさに、かっと頭が熱くなった。

「あの動画って、実はわたしがアップロードしたんだよね」

口走っていた。これまで、誰にも言ったことはなかったのに。

溢れた言葉に、月火野さんはすっと目を細めた。品定めをする商人のような視線だった。

そしてそれは、わたしの望んだ反応ではなかった。

「ふうん」

と、やがて彼女は言った。

「それって、田中さんしかできないことなの？」

「え」

続けられないわたしを見て、彼女は自省するように、ふるふると頭を振った。

「ううん、ごめん。なんでもないや。ちょっと疲れてて」

もういい？　と言う彼女に、わたしは言葉を返さなかった。

しばらく佇んでいた。どこに行こうか、とぼんやりと思いめぐらす。コンビニでも行こうかな。今いるのは各クラスの教室がある南棟の一年一組の前、西側の出入口のすぐそばだった。自転車通学のわたしの靴は、この出入口に置いてある。そのうちに迷うのも億劫になって、一年一組の前の掲示板を見るともなく見ていた。掲示板には、映画部のビラが大量に貼ってあった。ゴシック体のタイトルとキャッチコピー、こんな平凡なデザインで客を呼ぼうなどと、おこがましい。わたしならもっと、大胆なものにする。声をかけてくれたらできるのに。わたしが本気になれば、どんなことも、きっと、もっとうまくできる。

壁に体を預け、スマートフォンを取り出した。開いたのは自分のSNSアカウントのページの例の動画。再生回数は百万回。

再生ボタンを押す。すぐに下に引っ張って更新。くるくると輪っかが表れて、また再生。すぐに下に引っ張って更新。再生回数は百万回から、動かない。

けどそのうちひょんなことから世界で拡散されるかもしれない。そうすれば。

何となくすべてを見下ろしたくなって、三階へ行こうと決める。

そういえば、今朝榊さんも会議で三階へ行くと言っていたけど、何の会議だったんだろう。また何か起こす気なんだろうか。そうしたら、動画におさめて拡散してやろう。

そうすれば。

そうすれば。

＊市ヶ谷のぞみ＊　午後四時二十五分

　私と佐竹は自然科学部を出てから、東棟三階の文化祭実行委員会室に戻っていた。

　校門の向こう、細い県道をトラックが走っていく。道路の傍には川がゆらゆら光っていた。東棟三階では文化祭の出し物は行われないから、校内の喧騒は遠い。

　文化祭実行委員室に今いるのは、私と佐竹だけだった。段ボールが積みあがって、棚が備品であふれているこの部屋が、私はあまり好きではない。尾崎先生に掃除を提案してみたけど、すぐ却下された。「この埃っぽい感じがいいんじゃないか」とかなんとか。

「……なんだか、おかしな話になってきたね」

　私は窓の外を見たまま、ぼんやりと呟いてみる。

　さっき理科室を出た後、家庭科部の月火野という一年生の女の子が話しかけてきた。「ポスターの話聞きましたけど、七時から七時半まで、昇降口の掲示板の前で立ち止まっていた人なんていませんでしたよ」。アンニュイな雰囲気をふりまきながら彼女はすぐに去っていった。

　隣の佐竹は規定集を膝の上で開いて、じっと見つめている。ふせんのついたページを開いていて、それは『退学規程』だった。おおかた榊くんの件を思い出して、気になったのだろう。

　私が声をかけていることに気付くと、バツが悪そうに笑みを作った。「ごめん、なんだっけ？」

「二年前のポスターを貼ったのは誰かっていう話。なんだかおかしくない？」

「え、榊くんじゃないのかな。のぞみちゃんもそれっぽいこと言ってたじゃん」

「いや、最初はそう思ったんだけどさ……」

これまで、三つの重要な情報を手に入れた。

一つ目は、軽音学部の艮さんたちの証言。『七時十分から七時二十分までの間、二人で掲示板の前にいて、他は誰もいなかった』。

二つ目は、家庭科部の月火野さんの証言。『七時から七時三十分までの間、掲示板の前には誰もいなかった』。

三つ目は、自然科学部の田中さんの証言。『七時十五分頃にコスプレの女子生徒が何かを貼った』。

おかしい。矛盾している。

軽音学部の話を信じるなら、その他二人の証言は嘘ということになる。逆に、月火野さんの証言を信じるなら、その他二人の証言は嘘だ。田中さんの話を信じるなら、その他二人の証言は嘘。

お互いがお互いの証言を否定している。

つまり。

「……誰かが嘘をついてるってこと?」

けど、一体何のために?

「お」

ふいに佐竹が何かに気付いて、窓から身を乗り出した。校門の近くのポプラの樹の下で、男の子と女の子が話をしている。声は聞こえなくても、内容は手に取るように分かった。告白する側は、雰囲気的に男の子かな?

「あのポプラの樹の下で告白したら成功する、っていう噂さ。一体いつからあるんだろうね」

答えが返ってくることは期待していなかったけど、意外なことに佐竹が教えてくれた。彼女は飴玉の袋を開けて、口に放り込む。

「昔は文化祭と町の秋まつりの花火大会が被っててさー。花火ってこの校舎の北東の河原の方で上げるでしょ？　花火に一番近い場所で告白したら成功するってのが、いつの間にかポプラの樹になったらしいよ」

「なんでポプラの樹？」

「敷地内で北東にあって、告白できそうなちょっといい雰囲気の場所がそこだから」

へえ、と私は佐竹の知識の広さに感心しながら、樹の下の事態を見守った。どうかな、どうかな。

「あちゃー……」

ポプラの樹で告白した彼は、残念な結果に終わったようだった。申し訳なさそうに女の子が去っていく。花火の一番近くで告白というおまじないをもってしても、ダメだったらしい。もっと近く、ポプラの樹に登って告白したらよかったかもね……なんて冗談を言おうか迷ったけど止めた。もし自分が藤堂君をあそこに呼んで――、なんて風景を思い浮かべてしまったから。告白は誰だって真剣なのだ。茶化すのはあまりにも失礼だ。

私が藤堂君と初めて話したのは、三年生になったばかりの春の宵だった。

下校中、バス停で私は定期券がないことに気がついた。定期券はつい最近更新したばかりだった。慌てている時、声をかけてくれたのが藤堂君だったのだ。定期券が見つからない、という事情を説明すると、彼はあたふたする私を見てにっこりと笑ったのだ。

「じゃ、校舎まで戻りながら一緒に探しましょうよ」

私は相手の表情や動作を見れば、その人となりを詳細に把握することができる。時には、どんなジャンルの音楽が好きかなんてことも当てることができるほど。この人がどういうタイプか、というカテゴライズが得意なのだ。

その時の藤堂君の仕草は、なんというか、別格だった。

定期券を失くしたかわいそうな先輩への同情、そんな色は微塵もなかった。ましてや、女子生徒とお近づきになりたいという下心も。

藤堂君にとっては、見知らぬ人の定期を探すために来た道を帰る、なんてことは考えるまでもなく当たり前のことなんだと分かった。そこに至るまでの気持ちの通り道の、どこにもつまずきはなかったんだろう。道徳心という強制や、虚栄心という驕りはなく、ただただ優しかった。

二人で高校への道程をゆっくりと歩いた。

春の宵口の風はまだ冷たかった。鍛えてあるしっかりとした左腕が、時折わたしの制服に擦れた。とても落ち着いた歩調だった。

なんだか定期を落としたくらいで慌てていた自分が恥ずかしくて、胸がぐっとなった。喉の奥が甘酸っぱくなって、私は落ち着きなく質問を重ねた。クラスは？　部活は？　勉強は難しくない？　ちゃんと息抜きできてる？

彼は一つ一つ丁寧に答えた。二年六組なんです。中学校から陸上部で、高校でも陸上部です。勉強は正直苦手ですね。だから、勉強中は音楽聴きながらなんとかやってます。古い洋楽が好きで、最近はサイモン&ガーファンクルを聴いてるんですよ。

「もう、今年所属する委員会は決まったの？」

何気ない風を装って私は尋ねた。

「ちょうど今日決まりましたよ。文化祭実行委員、だったかな。流れでなっちゃいました」

一拍置いて、

「のぞみさんは、何か委員会に入ってるんですか？」

私のことを「のぞみさん」と呼んだのは彼が初めてだった。

春の夜風より、ずっと暖かい響きだった。

「うーん、うちのクラスはまだだなあ」

答えながら、私も文化祭実行委員に立候補しようと心に決めた。


「のぞみちゃん、ユウ君のこと考えてるんじゃない？」

「へ？」

素っ頓狂な自分の声が、文化祭実行委員会室に響いた。佐竹は笑いかけてくる。「やっぱり。のぞみちゃんがユウ君のこと好きっていう噂、聞いたことあるよ」

「ああ、うん。まあね」

「どんなとこが好きなの？」

おや、と意外に思った。佐竹って、色恋沙汰に興味あるんだ。もっとこう、そういうのは遠まきに眺めてるタイプかと思っていた。

「優しいところ。なんというか、根源的な優しさがある」と、私は自分の胸の内をきちんと探ってから答える。「それに、藤堂君は友達が多いのも好き。信頼されてるってことじゃん。陸上部でも部長でしょ？」

うんうん、と元陸上部の佐竹は頷いた。「ユウ君は圧倒的に支持されてたね」

「文化祭実行委員長も他薦で決まったし。やっぱり信頼されてるのって、格好いい」

「なるほどねえ。告白するの？」

「全然そんな。もう少し先かなと思ってる」

本当は向こうから告白してくれるのがベストだけどね。まあ、別に私から言うのだって問題ない。これまで付き合ったのも向こうからがほとんどだったけど、自分から言ったこともないわけではなかった。

すごいなあと、佐竹は飴玉を反対側のほっぺに移動させた。

「のぞみちゃんは不安になったりしない？　例えば、付き合っても自分からは何も与えられる気がしない、とかさ」

「私は思ったことないなあ。もっとシンプルでいいんじゃない？　好きってのは、その人のことをもっと知りたいってことだよ。そして自分をもっと知ってほしい」

「ふうん。……告白ってさ、どうやってするものなの？」

おっと。

私は簡単に答えそうになる唇を引き締めた。佐竹はまだぼんやりとポプラの樹を眺めている。これは、もしかして、そういうこと？　佐竹、誰かに告白するつもりなわけ？　なら、適当に答えるわけにはいかない。しっかり考えて、丁寧に答えてあげないと。

これまでの経験を反芻させて、鼻息荒く私は答えた。

「思ったことをそのまま。変に小細工は使わない方がいいよ。シンプルが一番」

「……そっか」

と、佐竹は一瞬困ったように下唇をつきだした。

どうも佐竹の望んだ答えではないようだった。もしかしたら、佐竹は単純に聞いてみたかっただけだったのかな。私が変に勘違いして力んじゃったのかもしれない。

しばらく、微妙な空気が流れる。

「佐竹は今日の聞き込みでポスターの犯人について、何か気づいた？」

空気を変えるために私は尋ねる。

「え、うーん、気づいたっていうか。このポスター折り目がさ」

「うん」

変に平らな声なので、私は身構える。

「折り目が、真ん中じゃないいんだよね」

……うん。それだけ？　宿題のプリントを絶対きれいに真ん中で折ることにこだわる友達がいたが、佐竹もそうだったとは知らなかった。

「あのぅ、すみません」

扉が開いて、声をかけてきたのは小柄な女子生徒だった。書道部員だろう。大きな筆を華奢な肩にえいやっと担いでいる。

書道部も案外体育会系なところもあるんだ。あの筆、重さはどれくらいなんだろう？

「墨汁を入れようとしてたバケツに、穴があいてたんですけど。替えてもらえますか」

はい、と私は立ち上がる。座ってさぼっていたと思われていても厄介だ。佐竹は相変わらず考え事をしてる風にどこかを眺めていて、気にしていないみたいだけど。

「じゃあこの管理簿に名前を書いてくれる？　何個欲しい？」

「できれば二個欲しいです」

貸出簿のリストをめくってバケツの管理簿を確認したら、なんとほとんど在庫がなくなっていた。大量にあったはずだけどな。残りはちょうど二個だった。

穴が開いていないのを確認して手渡す。女子生徒はまるでおもちゃを貰った子供のように、ぱあっと笑顔を見せてウサギのような駆け足で出て行った。名前もウサギっぽい名前だったし、なんだか自然と笑ってしまった。

うんうん。文化祭って、やっぱり楽しいよね。

私も力を入れてポスターの犯人捜しをしないと。学校側がたくらみを阻止する前に、私が犯人を見つけて、その人を励ましてやるんだ。なんなら、ちょっとくらい手伝ってあげてもいいのかもしれない。私にしかできないこともあるだろうし。

そこまで思って、あれ、と一つ気が付いたことがあった。

そういえば、今年はまだ何も事件が起きてない。

まあ何かあるとしたら、きっと明日なんだろう。

＊佐竹優希＊　午後十時三十分

お風呂を出て、濡れた髪のまま自室に戻った。

洗面所で歯磨きをしている母さんに「明日の文化祭、私は行ってあげるべきだと思う？」と聞かれた。当の娘にその聞き方はどうなんだろう？　まあ、母さんらしいけど。もちろん「来なくていい」と答えた。見たいものがあったら来たらいいけど、来るべき道理なんて、どこにもない。

「だよねー」と唇に泡をひっつけて、母さんは言った。

ペンギンの目覚まし時計の隣で、スマホのランプが光っていた。

どきっとして、小走りで駆け寄る。スマホを立ち上げると、メッセージはのぞみちゃんからだった。『今日は色々ありがとね！　明日も佐竹と文化祭回るの楽しみだ！』

がしがしとタオルで髪を拭く。物足りないような、ほっとしたような。

のぞみちゃんには、お気に入りのスタンプで返信しておいた。あの子もそつがないというか、周りをよく見ているというか、気配りの子だ。友達が多いのには理由がある、やっぱり。あたしには絶対無理。

文化祭一日目は、滞りなく済んだ。普通に楽しかったな。軽音楽部のあの子、艮さんだっけ、験を担いで握手なんかしちゃったりしてさ。

そうして、明日だ。

あの時間にこうなって、こうなったらああやって……と頭の中でシミュレーションをしてみる。途中まではすんなり上手くいったけれど、最後の方は難しい。どうすれば、あたしの思う通りに取り運べるだろう？

ま、考えたって仕方ないか。

昨日は眠れなかったけど、今日は眠れるかな。うーん、と無理やり伸びをしてみたけど、眠気はこない。やばいなあ。また眠れないかも。明日はいつもより早起きして、髪も整えたりしたいのに。考えすぎないようにしないと。

……それでもやっぱり、考えてしまう。

そんなこんなでぼんやりしているうちに十二時を回っていて、もう文化祭二日目を迎えていることに気付いて、また眠気はどこかへ行ってしまった。

文化祭二日目

＊市ヶ谷のぞみ＊　午後五時

チャイムが鳴った。

全演目の終わりを告げるチャイムだ。

私はクラス展示の担当を終えて、俯いて廊下を歩いている。校舎の中は早くも片付けムードになっていた。暗幕が剝がされ、段ボールが片付けられ、廊下にはゴミが溜まっていく。この後にフォークダンスがひかえているとはいっても、所詮後夜祭でしかない。先ほどまで彩られていた空気が、一気に色あせていくのが寒々と肌で感じられた。

文化祭実行員会室にいるのは、佐竹だけだった。佐竹は昨日と違って、今日は珍しく香水をつけているようだった。甘い香りが室内に流れている。

「あれ、のぞみちゃん。早いね」

「ああ、うん」

適当に返事をすると、椅子の背に肘をついて佐竹はぼんやりと言った。

「とりあえず、無事に終わってよかったねー」

そう。

結局、昨日も今日も何も起こらなかった。

誰かが何か予想外のことをするでもなく、恐ろしいほど静かに、先ほどの無味乾燥なチャイムをもって、二日間の全ての工程が終了したのだ。

「……そうだね」

ようやく、それだけ応えた。

今日は昨日と違って、誰かに何かを聞いて回る、というようなことはほとんどしなかった。昨日、自然科学部の子が話していた、コスプレをした女子生徒について知り合いに聞いて回ったくらいだ。

けど、思った回答は得られなかった。コスプレをしている人なんて一握りだしすぐに見つけられるだろう、なんて高をくくっていたけど、そもそも早朝にコスプレをしていた人を見つけられなかった。

結局、佐竹の提案で普通に文化祭を見て回ることになった。各クラスに顔を出して、展示や自主制作ドラマを見た。明治期の暮らしとか、教科書に出てくる偉人の生涯とか、わりと勉強になったこともあった。どうせそのうち何かが起こるだろうし、わざわざ私がポスターの犯人を捜して回ることもないか、と文化祭を楽しんだ。

楽しかったけど。

結局、何も起こらなかったのだ。

私はあごに手を当てて、じっと机の上を見た。文化祭が終わっても、机上は昨日と同じように荒れ果てている。片付けるのを忘れられた窓辺の風鈴が、ちろちろ気のない音を立てている。

何者かによって貼られた、二年前のポスター。

異なる三つの証言。

何も起こらなかった文化祭。

物思いに耽っていると、スカートのポケットが震えた。友達からの返信だった。なるほど、なるほど……。

ざわめきで、我に返った。気が付くと、既に部屋は文化祭実行委員でいっぱいになっていた。

「じゃ、みんな揃ったみたいなんで。始めましょうか」

清瀬君の淡々としたもの言いは、最初から終わりまで変わらない。

今日の活動の報告、来場者の人数、アンケートの集計。話は気味の悪いほどスムーズに進んだ。

教頭は今回は来ていなかった。無事に終わった今、文化祭実行委員などに用はないのだろう。

尾崎先生の講評も、何の感慨もない形式どおりのものだった。

「あー、おつかれさん。お前ら、楽しめたか？」

尾崎先生はたっぷり時間を取って辺りを見まわした。誰も答えないことが分かると、寂しそうに微笑みをたたえて「……そうか、よかった。あとは後夜祭があるから、そっちも楽しめよ」

唯一色を持っていたのは、やはり藤堂君の言葉だった。

「みなさん、ありがとうございました！」

藤堂君は立ち上がって深々と頭を下げた。

「おれは本当に力のない実行委員長で、何もできなくて……。でも、文化祭を無事終えられたことについて、一番嬉しいのはきっとおれです。そして、そんな思いにさせてくれているのは、今ここにいるみんなです。一人でも欠けていたら、絶対に上手くいかなかった。本当に、本当にありがとうございました」

自然と拍手が起こった。こういう真摯な姿勢を自然に示すことができる男子高校生なんて、とっても少ないと思う。

「じゃあ、これにて文化祭実行委員会を終了します！　おつかれさまー！　後夜祭の準備、生徒会も大変そうだから手伝ってあげてくださいね！」

藤堂君がそう高らかに宣言し、みんな席を立つ。

私も席を立った。

向かった先にいるのは、窓際に佇む尾崎先生だった。

「なんだ、市ヶ谷」

「すみません。少しいいですか。昨日のポスターの件です」

「うん、ありがとな。おかげで何もなく済んだ」

「……ええ、そうですね。あの、ですね」

もったいぶって言ったせいか、尾崎先生は片眉を上げて不思議そうに私を促した。ざわめきの溢れる室内で、私は要点をかいつまんで話した。

何か起こしそうな部活の事件発生時刻の行動を、尋ねて回ったこと。

さらに、掲示板の前に誰か不審者がいなかったかどうか尋ねたこと。

そうして、おかしな証言が得られたこと。

「この三人の証言は、明らかに食い違っています。軽音学部の艮さんの意見が真なら、家庭科部の月火野さんと、自然科学部の田中さんの意見は偽になる。他の二人の意見もそうです。ある一人を信じるなら、他の人の話は嘘だったということになる」

「うーんと、じゃあ誰が嘘をついてるんだ？」

尾崎先生は興味がないのか、額に皺を寄せただけだった。声にも覇気がない。

「それを検証したくて、今日は自然科学部の田中さんが言った『メイドのコスプレをした女子生徒』を捜したんです。唯一と言っていい糸口だったから。けど、そんな人はいくら聞いても、見あたらなかった」

「なら、田中は嘘をついているってことだな」

尾崎先生に説明している間に、ほとんどの生徒は出て行ったようだった。清瀬君と佐竹、その他数人が経理について意見を交わしている声が聞こえた。

私は首を横に振った。

「そうかもしれません。けど、田中さんが嘘をついているには、嘘が具体的すぎる気がしたんです。嘘で『メイドのコスプレをした生徒』なんて、普通思いつきます？」

「でも、その時間にコスプレをした生徒は見つからなかったんだろ？」

「そうなんです。で、気が付いたんです。田中さんは、メイド服『みたいな』格好をした生徒を見たんじゃないか、って」

「どういうことだ？」

「どこかの部活で『メイドがつけそうなエプロン』を着た子がいるんじゃないかって。で、いくつかの部に確認したら、やっぱりいたんです。家庭科部に、メイドのコスプレみたいな白いフリルのついた派手なエプロンをつけた生徒が一人いたことが分かりました」

自分の声が、徐々に熱を帯び始めているのが分かる。尾崎先生が乾いた咳払いをしたけど、気にしない。

「そして、その生徒に文化祭一日目の朝七時十五分頃に何をしていたかさっきラインで尋ねたんです。……ビンゴでした。そのエプロンの子は『掲示板に家庭科部のビラを貼っていた』と答えました。本当は手で配らないといけないものを、横着しようとしたみたいです。田中さんは、その家庭科部の女子生徒の行為を見て、私に教えてくれたってことですね」

　なるほどなあ、と尾崎先生はあくまで鷹揚だ。

「これに加えて、もう一つ思い出すべき情報があるんです。……ねえ、清瀬君」私が呼ぶと、彼は顔を上げてこちらを見た。「昨日の朝『無許可の掲示物を回収した』って報告してたよね？　そのビラって、家庭科部のだったっけ？」

「はい」

「家庭科部のビラ、どこに貼ってあったの？」

「あの、だから掲示板です」

「どこの？」

　清瀬君は相変わらず乾いた声で告げた。

「一年一組前のところです。昇降口とは反対側の、西側にある出入口のところの」

　そうなのだ。

　私は昨日、ポスターについて尋ねて回った時、こう訊いていた。『入口を入ったところの掲示板にポスターが貼ってあって……』。

　これがすべての勘違いの始まりだった。

「つまり、田中さんの話していた掲示板とは、西側出入口の掲示板のことで、昇降口にある掲示板のことではなかったんです。田中さんは自転車通学です。自転車通学の生徒の中には、駐輪場に近い西側の出入口、つまり一年一組の隣にある入口を使う人が多い。田中さんにとっては、『入口を入ったところにある掲示板』とは、当然西側出入口にある掲示板だったんですね」

そう考えると、全てがつながるのだ。

「軽音学部の艮さんの話も同じことです。特別棟の入口にも、同じように掲示板が設置してあります。文化祭中の軽音学部の部員にとって、『入口を入ったところにある掲示板』とは、『特別棟の入口の横にある掲示板』でしかなかった。

ただ一人、一年六組の月火野さんだけ、昇降口の掲示板を見ていたんです。そして、彼女の言葉を信じるならば、七時から七時半まで、誰も掲示板の近くにいなかったことになる」

三つの証言が、お互いがお互いの証言を否定している。そう思っていた。生徒の三つの証言のうち二つが嘘だ、と。

「おかしいと思いませんか？　尾崎先生」

「……なにがだ」

と、尾崎先生は白々しく言った。目はずっと窓の外に向けられている。

私は微笑みを崩さない。

「月火野さんは七時から七時半の間、掲示板前には誰もいなかったと証言しています。尾崎先生、先生は七時半前に掲示板のポスターを見つけて剝がしたんですよね？」

沈黙が常に肯定とは限らない。

けど、この場合の尾崎先生の沈黙は、そう捉えざるを得なかった。

「『嘘をついてたのは三人の生徒のうちの二人』じゃない。『嘘をついていたのは一人の教師』だったんじゃないですか？」

強風が吹き込んだ。

狂ったように、季節外れの風鈴が鳴る。ベージュのカーテンが帆のように風を含んだせいで、室内にはそれほど多くの空気は流れ込まなかった。

風が止み部屋が静寂を取り戻した時、ようやく尾崎先生は組んでいた腕を解いた。奥歯を噛んだように見える。それが笑みだと気が付くのに、少しだけ時間がかかった。

「さすがだな、市ヶ谷。さすがだ」

やっと、尾崎先生ときちんと目が合った。

掲示板にポスターを貼った人物などいない。尾崎先生が、そう嘘をついた。

それが答えだった。

「どうしてこんなことを？」

ようやく、核心にたどり着ける。尾崎先生はかすれた声で答えた。

「遊びだよ」

「遊び？」

尾崎先生は微笑んだまま、付かないマッチをこするように無音で指を弾いている。

「なあ、市ヶ谷。去年の文化祭、お前は楽しかったか？」

思いがけない質問をされて、答えに窮してしまう。去年って、何をしたっけ？　吹奏楽部で演奏をして、クラス展示で映画製作をして、それから誰かに告白されたりして。

「……まあ、普通に面白かったですよ」

そうか、と尾崎先生は言った。「そうかあ」

ややあって、彼は言った。

「俺は、面白くなかった」

室内には静寂があった。先ほどまで話していた清瀬君たちも、押し黙ってこちらの会話に耳を傾けていた。

「俺は面白くなかったよ、市ヶ谷。だって、全部学校側の予定通りに進んじまうんだから」

「どういうことです？」

「生徒に何か起こして欲しかった、ってことだよ」

投げやりに、彼は言った。「生徒が自主的に考えて行動して、教師がそれを嬉しく思わないわけがないだろ？ もちろんそう思わない大人もいる。教頭とかな。けど、俺は違う。二年前までの文化祭は楽しかった。生徒に振り回されるのが、嬉しくて嬉しくて、仕方なかったんだよ」

けど、と尾崎先生はそこで苦悶の表情を見せた。

「去年は何も起こらなかったんだ」

思ってもみなかった告白に、その隠しきれない苦しみに、私の心がそろりと転がった。つまり先生は、とそっと言葉を差し込む。

「今年こそ生徒に何かを起こしてもらうために、『二年前のポスターが貼ってあった』って嘘をついたんですか？ 生徒が何かを起こす、その空気を作り出すために？」

そういうことだ、と彼は口を横に広げた。泣きそうになるのを我慢しているように見えた。

「わざわざ最初に市ヶ谷に声をかけたのも、そのためなんだ。お前なら顔が広いし、校内にその噂も広がりやすいと思ってな。見回りの話が出た時は、渡りに船だと思ったくらいだ。ポスターの噂が広がれば、生徒の窮屈さも和らいで開放的になるんじゃないか、ってな」

そうなれば、二年前と同じように生徒が自主的にいろいろ行動を起こすのではないか、と。

大の大人が、馬鹿みたい。

――なんて、とても思えない自分がいた。

それは私がこの文化祭で感じたこととも、多分、関係している。

「けど今年も何もなかった。何かをしたいとか、何かになりたいとか、今の若い子にはそういうのは古いのかもなあ」

その声は除夜の鐘みたいに、私の胸の奥の方を重く、ゆっくりと震わせた。

「市ヶ谷たちが各部活にポスターのことを言いに行っても、誰も何もしようとしなかった。二年前のことを経験してる三年生には、期待してたんだけどな」

「……」

「いや、無理もないか。停学どころか、退学になる可能性だってある。賢いよ、お前らは。賢くて、それがもう」

聞きづらいほどの小声で、付け加えた。

「本当に、たまらないな」

尾崎先生はそれっきり黙って、沈黙の中に降りてしまった。

その沈黙を破るのは、きっと私の役目だった。

私が、市ヶ谷のぞみという存在が、一種の呼び水だったのだ。尾崎先生は、友人の多い私がこのポスターについて触れ回ることで、高校生が自主性を取り戻す起爆剤にしようとした。もし私が文化祭実行委員でなければ、尾崎先生は今回のようなことをしたかどうか、分からない。

私は、何を言うべきか。

物語を始めさせ、自らの手で幕を閉じた市ヶ谷のぞみは、何を言うべきなのか。

しかし、その思考を遮ったのは、うすぼんやりとした清瀬君の声だった。

「あのー、後夜祭もありますし、そろそろ出ませんか?」


文化祭実行委員会室には、私と清瀬君が残った。

校門付近で男子生徒が大きな机を運動場へ運んでいる。文化祭用の看板はとっくに撤去されていて、あとにはだだっ広いアスファルトが黒々と広がっていた。

思い返していた。

昨日と今日の文化祭のこと、それだけじゃない。

入学して初めてあの門をくぐった時の胸の高鳴り、放課後の中庭での友達との他愛ない談笑、藤堂君との出会い、あの日の帰り道のぬくもり。

市ヶ谷のぞみがこの高校に入って、もう三年が経とうとしていること。

そしてもうすぐ、卒業するということ。

「あの、市ヶ谷先輩。ここ、鍵閉めるんで、そろそろ出ましょう」

清瀬君は無味乾燥に告げてくる。廊下側の窓から、西日が差し込んでいた。細い茜色は雑多な部屋を一直線に横切っている。私が口を開こうとしたタイミングで、ドアが開いた。

入ってきたのは佐竹だった。

「あれ、二人ともまだ残ってたんだ。……ね、清瀬。さっきのアンケートのまとめの話だけど。今やっちゃっていいよね」

「いいですけど。クラスの片づけは?」

「キミもばかだね。それが嫌だからこっちにきたんでしょうが」

「大丈夫ですか。嫌われちゃいますよ」

「大丈夫よ。みんなには『清瀬とかいう二年にこき使われてる』って言ってきたから」

「それは僕が大丈夫じゃないやつですよ」

どっかり、と隅の椅子に腰掛けて、おもむろにアンケートの入った封筒を広げる。シャーペンをくるりとこれ見よがしに回して、思い出したように顔を上げた。

「あ、ごめん。あたしはここで適当にやってるから、気にしないで」

こういう子だとは知っているけど。

自分でも嫌な顔をしているのが分かる。けど、もう作業に取りかかっている佐竹を見ると、諦めるしかなかった。

私は清瀬君に、どうしても言わなければならないことがあるのだ。

「それで、なにか？」

もう少し、おそるおそる語りかけて欲しいな、と思う。丁寧な口調は合格だけど、清瀬君のそれには、どこか苛立ちを助長させるものがある。

「ねえ、清瀬君」

「はい」

「文化祭はどうだった」

清瀬君は私の言葉の意味を汲み取りかねている様子だった。首をかしげて、しかしひどくおざなりな言葉で受けとめる。

「大変でしたけど、楽しかったですよ。おかげさまで、何も起こらずに終わりましたし」

「そう、なのよね」

一度落とした視線を、ゆっくりと持ち上げる。

「なにも起こらなかったのよ」

清瀬君も視線を落とす。けど彼の場合、そのまま上げようとしなかった。佐竹がプリントを繰る音だけ響いた。

「毎年起こる事件が、今年は起こらなかったのよ。尾崎先生がポスター貼るっていうような、事件を引き起こすきっかけはあったのに。本当に全部、スケジュール通りに進行した。びっくりだね」

清瀬君はやっとこちらを見た。頰には薄いえくぼがある。

「市ヶ谷先輩の見回りのおかげですね」

「あの見回りでそこまで牽制できると、私は思わない。むしろ、あれは『今年こそ何かが起こる』って、生徒を煽ってるみたいなものだよ。けど、何も起こらなかった」

「尾崎先生の指摘のとおりかもしれないですね。みんな賢い」

「毎年何かが起こってきたのに？」

「伝統もいつか変わりますよ」

「かもしれないね、どうも」

清瀬君が笑う。喉に小さな穴が開いていて、そこから細く空気が漏れ出すような音。何かを堪えるような、覆い隠すような。

カテゴライズが得意な私には分かる。

こういう笑いをする人は、絶対、信頼してはならない。

「どうして今年は事件がなかったのか、清瀬君の意見が聞きたいな」

「さあ」

「そう。……なら別の質問。あなた、昨日の午前七時十分から七時半の間、どこでなにをしてたの?」

清瀬君の張り付いた薄い笑みが、潮が引くみたいにゆっくりと消えていった。残ったのは何もない、ぼんやりとした果てのない干潟。

疑惑が確証に変わる。

やっぱり。

ふつふつと、自分の胸の奥から何かが湧き上がってくるのを感じた。冷静な私にしては、ひどく珍しいことだった。

「昨日の聞き込みで分かったのは、ポスターの件の犯人は尾崎先生だということ。それと、もう一つ。『軽音学部、放送部、自然科学部の三つの部活の三年生が、七時すぎに三階のどこかに行ってる』ってことよ。その時間、彼らは三階のどこにいっていたんだと思う?」

「……三階っていうと、自分の教室じゃないですかね」

「教室では、クラスメイトが自分たちの学級の出し物の準備しているのに? それはないと思うな。文化祭の時期、文化部に対する風当たりは優しくない。受験勉強のある三年生ならなおさら。教室が彼らにとってゆっくり落ちつける環境だったとは、考えにくいと思う。

ところで清瀬君。昨日、私がこの教室にきたとき、すでに一人でこの教室にいたよね」

「……」

もう清瀬君は何も言えない。

そして私だって別に、回答を期待しているわけではない。

いらない言葉が返ってくる前に、すかさず切り込んだ。

「三つの部活の三年生はその時間、この教室に来てたんじゃないの？　そして彼らと対峙していたのは、あなただった」

清瀬君はもったいぶって薄い瞼を上下させていた。何を思っているんだろう、とふと気になった。随分久しぶりの感情だった。

一体この子は今、どんな感情を抱いているんだろう？

言葉を被せるスピードが増していることを自覚しながらも、上手く制御できない。この思いを、この重みを、どう伝えればこの子に届くのかとやきもきしながら、

「ねえ、清瀬君。ここからは私の想像だよ。今、こうして何事もなく文化祭が終わったから言えること。

あなた、ここに彼らを呼んで脅迫してたんじゃない？　脅し文句はほら、この規程集。昨日の朝から、ずっとこの部屋の机の上に置いてあったよね。これに、付箋が貼ってある。何のページだと思う？　退学規程のページなのよ。あなた、毎年何か問題を起こす彼らに、これを使って脅してたんじゃないの？　そうでも考えないと、あいつらがこの文化祭で何もしない理由が、私には思いつかないの」

清瀬君はポケットに手を突っ込んだ。細い肩幅がさらに細くなっている。伸びた影が床と壁で折れ曲がっていた。

やがて、彼は長い息を吐いた。なぜかほっとしているようにさえ見える。

「先輩は」

と、彼はすまして言った。「市ヶ谷先輩は、何か事件が起こって欲しかったんですか?」

淡々としたそぶりだった。その態度は私を挑発しているとしか思えなかった。大きくかぶりをふった勢いで、自分の髪の毛が口に入った。それを払いのける手が、怒りで震えている。

「まさか。私だって何も起こらない方が健全だと思うよ。けど……」

文化祭実行委員会室は、おもちゃ箱をひっくり返したようだ。差し込む光に、埃が立ち昇っている。埃っぽいのは、棚の奥に何十年間分の書類が詰め込んであるせいだ。段ボールの中に、もう使わないであろう昔の物品が眠っているせいだ。

尾崎先生の思いを聞いた今なら、先生がこの部屋を綺麗にしたくないと言った理由が分かる。ここは、この文化祭実行委員会室は、歴代の生徒たちが文化祭で自分らしさを表現しようとしてきた歴史そのものなんだ。溜まった埃は、その歴史の証拠なんだ。

それを、その伝統を、この子は。

「自然に何も起こらなかったんだったら、それはそれでいい。けど、何も起こらなかったのが脅迫のせいだったというのなら、話は違うよ。私は、誰にだって自分らしくあることは絶対に許されていなければならないと思う。その機会だけは、何があっても、保証されないといけない。人間の本質にかかわる問題だよ。

今回の文化祭で何も事件が起きなかったのが、無理矢理その機会が奪われたからだったとしたなら、私は看過できない。……もちろん、もしそんなことがあったら、という仮定の話だけど」

清瀬君はあくまで脅迫したとは認めなかった。

「自分らしくあれ、ですか」

けど、冷笑的な彼の口調は、語るに落ちているも同然だった。彼は文化祭を、自己表現をすることを、真剣にとらえていないのだ。

「きまりを破ることが、それが自分らしくってことなんでしょうか」

「違うよ」

頭を振って私は言う。こんな子でも、私はきちんと諭し、伝えたかった。

文化祭の意義とは何か。青春とは何か。自分とは何か。

「違うんだよ、清瀬君。ルールを破ることが自分らしいことだとは、私も思ってないよ。ただ、自分のうちにある名前もない衝動を何とか表現したいと思うのは、自然な感情だと思う。そうして自分らしくあることの尊さを知るんだよ。それが青春だし、自己を確立するってことなんだよ。例えば――」

友達が多く、教師に信頼される。そんな彼らに尽くす。

例えば、私の場合はそれが自分らしいということだ。

それが、確立された市ヶ谷のぞみという存在だ。

「例えば？」

促してくる清瀬君の笑みは、何を考えているのか分からない。能面のような、ぞっとするような不気味な笑み。

怒りに根元に、冷たい感情が這って寄ってくる。

怖い。

自分らしくあるというのが正しいのは、絶対だ。太陽が赤い。空が青い。それくらい自明。私が今言っていることは、誰だって肯定すべきことのはずだ。

なのに、目の前にその常識が通じない人間がいる。

怖い。

怖いし、心底哀れだ。

彼に何を言っても通じないのだろうな、と私は悟った。

「多分」

諦めてドアに手をかけると、背中から彼の声が届いた。首だけで振り返る。彼は俯いたまま、浅いえくぼを作ったままだった。

「みんなが求めているのは、自分らしさじゃないんですよ」

「……」

「自分らしさじゃなくて、自分の居心地のいい場所なんです」

意味が分からない。

分かりたくもなかった。

ドアを閉めて、一息ついて、歩き出す。教室に向かう足取りは速足だった。心臓もいつもより早く脈打つ。背中がうすら寒い。早く日常に帰りたかった。常識が通じる、私のいるべき世界に。

清瀬君には結局、自分というものがないんだろう。自分を持っていないから、自分らしさの意味も理解できないし、それを肯定できない。既にあるルールを自分の行動原理にして、自分では何も作り出せないくせに、分かった風な口を利く。

彼みたいな人がいるから、きっと世の中は上手く回らないのだ。

できる人の足をひっぱるだけの、できない人間がいるから。だから、私のような善良な一般市民が、こうして嫌な気分になってしまう。理不尽極まりない。

「ねえ市ヶ谷――」

教室に戻ると、誰かが私を見つけ黄色い声をかけてくる。私はにっこりと微笑み返す。それで、笑顔の輪が広がる。つまらないジョークと、終わりのない会話が繰り広げられる。うん、やっぱりこうでないと。まあ、全部の出し物が終わったって言っても、これからフォークダンスもあるし。彼が何をしようと、まだ文化祭は、青春は終わらない。

優しい、穏やかな世界。

＊艮カレン＊　午後六時十五分

日の落ちつつある薄暗いグラウンドには、さっきあたしが引いた白線がぼんやりと浮かんでいる。我ながらなかなかうまいけど、そもそもライン引きなんてあたしの仕事じゃなかった。文化祭が終わってすぐに後夜祭の準備に駆り出されたものの、何をするか分からないしベンチに腰掛けていたら、知らない男子に声をかけられた。

「あれ、髪の毛が赤くなくなってるじゃん」

誰だこいつ、馴れ馴れしい。けど、気味の悪い馴れ馴れしさではなかった。広く奥行きのある響きだった。

「はあ。もう演奏も終わったんで」

と、あたしはぼそぼそと返した。

「先生に怒られなかった？」

「まあ、多少」

歌い終えてすぐ、放送で職員室に呼び出された。教頭がゆでだこみたいに顔を真っ赤にして何か言っていたけど、あまり耳に入らなかった。ライブ終わりで興奮していたから、っていうわけじゃない。むしろ心が妙に静まってしまった。夜の深い森の中で座り込んでいるみたいな感覚だった。身体は疲れていて、周りは暗くて、静かだった。けど、不思議と恐くはない。

「そりゃ怒るわな。まあ君が楽しめたんなら、それでいいよ」

目の前の男子はニカッと白い歯を見せた。楽しめた？　それはちょっと違うなあ、と思ったけど、面倒で適当に頷いていた。そうやってふんふん流していると、いつの間にか彼の代わりにあたしがラインを引くことになっていた。

「ありがとな。おれ、これからちょっと用事あってさ」

「まあ、いいスけど……。にしても、フォークダンスって、ほんとに必要なんスかね？」

「伝統だからな。まあ、生徒会主導だし、そこらへんは君が立候補して、変えてくれよ。とりあえず今年は、せっかくだし最後まで楽しもうぜ」

そう言うと、彼は小走りで去っていった。太陽のような笑顔で、そういえばこの人、文化祭の挨拶とかで見たことがあったような気もするな、と思い出した。

文化祭二日目の今日は、別に何もしなかった。

モチャと二人で校内を回ったけど、特に何か目的があったわけじゃない。目的がないと、何をしても「全然何もしなかった」感がある。モチャはいつものように、しようもないことで笑って、たくさん食べて、もちゃもちゃしていた。いつもと違うあたしに気が付いていても、あいつはいつもと変わらなかった。そういうのってすごいな、と思った。

ぱっと明かりがついて顔を上げた。そろそろ始まるのかな。

あれ？

メインのグラウンドじゃなくて、ソフトボール部が使う小さなグラウンドの照明が点いてる。

生徒会の人が間違えた？


――パン。


最初は、ピストル音かと思った。体育祭でよく聞く号砲。続いて二、三発と音がして、それが花火だと分かった。

校舎の東側に上がったのは、一瞬咲いて、消えていく、小さな光だった。夏祭りのような何号玉とかそういうのではない、市販の打ち上げ花火だろう。けどなんでこんな時期に？　誰が上げてるんだろう。

それが合図だった。

照明のついたソフトボール場から、ギターの音が響き始めたのだ。

＊城山葉月＊　午後六時二十分

私は音楽に詳しいわけではない。

しかし、この音楽は耳にしたことがあった。父が見ていた野球中継の途中に流れていたように思う。確か、野球の日本代表が試合をする際のテーマソングだったはずだ。

突然始まった演奏に、全校生徒は戸惑っていた。これが正式なものなのかどうか、判断しかねるようだった。しかし、教師たちが慌ててソフトボール場の方に駆けていくのを見て、無許可の演奏だと分かると、鋒矢形にみんなソフトボール場の方に走り出した。

文化祭では毎年誰かがサプライズをする、と聞いたことはあった。今年は、後夜祭でのゲリラライブを選んだらしい。多分、どこかで上がっている花火も、うちの高校の誰かが企画しているのだろう。

グラウンドより一段高いところにあるソフトボール場だと、離れた私の位置からでも、さながらステージのように演奏者の姿を見ることができた。激しくかき鳴らすギターとともに声を張り上げているのは、痩せた髪の長い男性だった。見た目に反して、低く聞きやすい声質だった。四方がフェンスに囲われているため、どうしてもフェンス越しになってしまうが、それは格闘技のリングにも見えて一つの演出として上手く形成されていた。エンターテインメントに疎い私でも、その演奏は十分見ごたえがあった。

企画した人は誰だろう。生徒会のテントに目をやるが、女子生徒が電源の入っていないマイクで「自分のクラスの位置に戻ってください」と壊れたテープレコーダーのように繰り返している。なるほど、企画者は放送部も抱き込んでいるらしい。ソフトボール場も鍵が掛かっているようで、教師も入れずに手をこまねいている。大胆なわりに、周到な根回しが行われているようだった。

薄暮の空には、あざ笑うかのように花火がまた一つ打ち上がる。

空から視線を戻すとき、ふとグラウンドの隅に佇む小さな影が目に入った。

ソフトボール場のライトのせいで、顔は陰になっている。しかし、その小柄な体格ですぐに分かった。

艮さんだ。

意外だった。彼女なら、もっと最前列で諸手を上げて騒いでいてもいい。大声を上げて、観客を煽っていたって不思議ではない。むしろ、そうするのが彼女らしい。

しかし予想に反して、腕を組んだ小さな影はグラウンドの隅の樹に静かに背に預けていた。感傷に浸っている風ではない。彼女の背に手を当てるだけで今にも演奏ステージに歩き出しそうな、しかし歩き出すと壊れる何かを押しとどめるような。彼女らしくない、静かな人影がそこにあった。

彼女らしくない？

どこかで声がした。私の中の、ずっと奥の方からだった。

艮さんらしくないとは、どういうことか？　それは誰が、どんな風に定義したのか？

不思議なことが起こった。

私の足が、彼女の方に歩み始めていたのだ。

何か話すべき話題があるわけでもない。何を話せばいいのかも、分からない。足が数十センチ前に進む、それだけの理由を、今私は持ち合わせていなかった。何が何だか、分からない。

そうだ、と気がついた。

本当は、私は何も分かっていないのだ。艮さんの家庭の事情も、私の親の思いも、私自身の望みも。全て分かった風な顔をして、実は何も分かっていない。分からないということさえ分かっていなかったなんて、まったく。

なんてつまらないことだろう?

歩みは止まらない。

止められない。

小さな花火と、乱れた演奏と、愉しげな歓声。それらすべてが、魔法のように、私を突き動かしている。

そんな衝動的な行動が医者の娘らしいかどうかは、多分、意見が分かれるところだろう。

＊田中梓　午後六時二十二分

「田中ぁ。花火、あとどれくらい残ってる?」

榊さんは珍しく声を張っているせいで、言っている途中から声が裏返ってしまっている。無視を決め込んでいると、近づいてきて「無視すんなや」と後頭部を叩かれた。暴力だ。絶対に学校に言いつけてやる。けど、それを学校に言ったら、いつどこで叩かれたのか聞かれるに決まっている。「勝手に学校から抜け出して、河原で花火を上げているときに」と素直に答えて、わたしの立場は危うくならないだろうか？　もちろん、危うくなるに決まっている。

どうしてこんなことになってしまったんだろう？

文化祭終了後、自然科学部の片づけを放棄して教室の隅に腰かけていると、榊さんが押し掛けてきた。「面白いことをやるからこい」と強引に腕を引っ張られ、連れていかれた先は、学校近くの河原だった。そこには既に他の自然科学部員が集まっていて、大量の打ち上げ花火とバケツが用意されていたのだ。

「田中ぁ。お前もうちょい、きれいに撮れや」

わたしの手元を覗き込んで、また肩を軽く叩かれる。痛くないけど、不快極まりない。ぶつぶつ口の中で文句を言いながら、またスマホのシャッターを押した。わたしはなぜか、榊さんに言われて花火の動画や写真を撮っているのだった。

乾いた音とともに、頼りない花火が灰色の空に浮かぶ。タイミングを計って、シャッターを押す。もちろん市販の花火だから、強い光は出ない。画面越しだと小さな点があるだけにしか見えない。そんな作業をしているのが馬鹿らしくなって、途中から止めた。

「おい田中。ちゃんと撮ってや」

うるさいなあ、もう。暗いから表情はきちんと見えないけど、にやにや笑っているように思える。もしかして、煽られてるの、これって。

「……なんでこんなバカみたいなことしているんですか」

腑に落ちる答えが返ってこないと分かっていながら、ぶっきらぼうに尋ねてみる。榊さんは空を見上げたままだった。ふわふわの髪の毛が吹きすさぶ風になびいている。

綿あめのような髪を見上げていると、丸眼鏡がわたしを見下ろした。

「オレ、お前のこと好きやで」

「はあ⁉」

「お前、いつでも『なんで』いうて聞いてくるやん？　そういう態度、オレは好きやで」

「ああ、そういう」

まったくこの人は……。

花火が次々と上がり、大量のバケツにゴミが詰め込まれていく。花火は買えばいいとして、これほど大量のバケツをどこから調達したのだろう？

何がスイッチだったのか、榊さんは唾を飛ばして語り始めた。

「そうやねん、いつだって、『なんで』が大事なはずや。自然科学部の装置もな、あれは最後のオレの変なダンスがスクリーンに出るまでは、辞書のドミノがあって、ダイラタンシーがあって、そういう力があって行きつくんやけど、その最初、ドミノを倒すその力がすべての最初のはずで、それがほんまは一番大事なはずやろ。『なんでドミノを倒したのか』。それが全てなわけで」

「昨日も聞きましたよ、そんな風なこと」

「なのに、妙にそこを軽視する奴が多いんよなあ。なんか、おもんない」

一体何をターゲットに言っているのか、一向に見当がつかない。二年前の事件に寄せられたネットのコメントについてだろうか。それとも何か別に思うところがあるのだろうか。

けど、榊さんに褒められると悪い気がしないのも事実で、私は笑みが滲まないように必死に顔をしかめていた。

「あれ、そもそもなんでこんな話になったんやっけ」

「なんで花火なんか上げてるんですか、ってわたしが聞いたからですよ」

「ああ、それはお前、あいつが……」

「あいつ？」

「ま、ええやないか。お前はええ奴やってことだけで、ええやん」

言い終わって、くしゅん、と案外と可愛いくしゃみをした。いくら温暖化と言っても、十月の夜、河原で半袖のアロハシャツは肌寒い。

「なんでこの時間もアロハシャツなんですか」

「花火見るんやし、夏っぽくしたいやん」

彼にとって、ドミノが倒れる最初の力は、その程度のものらしかった。

結局、笑ってしまった。

花火が上がる。

美しくない、平凡な、大量生産の花火。コンビニで簡単に手に入る、平凡な光。

それでは、いけないのだろうか。

そんな言葉が浮かんで消えた。

平凡な光では、どうしていけないのだろう？

その思いを突き詰めて言葉にするには、今は最適な時ではなかった。榊さんが隣で「たまやー！」と叫び始めたのだ。

何だか力が抜けて、花火を見上げていた。

スマートフォン越しよりも、その光は力強くわたしの目に映った。

＊市ヶ谷のぞみ＊　午後六時二十五分

ほら！

ほら、やっぱりじゃない！

私は、早足で校舎の階段をのぼっていた。

花火が上がって、演奏が始まった時は正直心が躍った。思わず、みんなと一緒にソフトボール場の方に駆けだして、歓声を上げていた。高校生活最後の文化祭で、誰かがこうして盛り上げようとしてくれていると思うと、胸が熱くなった。

時間の経過とともに頭は冷静になってきて、清瀬君が今どこで何をしているんだろうか、と気にかかった。彼の脅迫はなんのその、生徒たちはこうしてエネルギーを発散して、自分らしさを表現している。自分らしさの無い彼は、今この光景をどのような思いで見ているんだろうか。

歯噛みをしている？　それともぼんやりと魂の抜けたような表情？　一体、私に何と言うだろうか？

グラウンドにいる二年生の知り合いに声をかけると、清瀬君はグラウンドにはいないみたいだった。まだ東棟三階の文化祭実行委員会室にいるらしい。

だから私は、こうして階段をのぼっている。

なんて言ってやろうか。

しかし、三階の廊下の電気は点いていなかった。文化祭実行委員会室も、明かりが消えている。

おや、と思った。中から誰かの話し声がした。

私はそっと、文化祭実行委員会室のドアに近寄った。

＊佐竹優希＊　午後六時二十五分

「ね、うまくいってよかったね」

文化祭実行委員会室は、祭りの終わった後の寂寞感が漂っている。

その静けさにあわせて、あたしは小さく言った。部屋の外からは、にぎやかなメロディーと歓声が届く。花火も相まって、きっと華やかな空気であふれているのだろう。この部屋とはずいぶん対照的だ。

語りかけた相手は、スマートフォンをポケットにしまった。

「ありがとうございました。佐竹先輩のおかげですよ」

清瀬はあたしと机を挟んだ廊下側にいるから、表情はよく見えない。口調はいつものように落ち着いていた。

「やめてよ。あたしは適当に案を出しただけでしょ。この騒動を企画したのはキミじゃない」

「いや、僕は全然」

「謙遜しないの。夏休みからずっと準備してきたじゃん。さっきのぞみちゃんが言ってたように昨日あいつらがここに来てたのも、脅迫なんかじゃなくて、これに向けた最後の打ち合わせをしてたんでしょ?」

この騒動は、清瀬の発案だった。

軽音楽部に演奏場所を提供し、放送部に機材管理を依頼し、自然科学部に花火とバケツを用意させる。

これらは全て、清瀬の一言から始まったのだ。


清瀬からその相談を受けたのは、二学期が始まってすぐだった。

「え、どういうこと?」

驚いたせいで、あたしの声は思いのほか大きくなってしまった。前を歩く他校の生徒が何事かと振り返ってきた。模試が終わった土曜日の午後二時、あたしは清瀬と駅へ向かっている最中だった。

九月の日差しは強く、清瀬は額の汗を親指で拭った。

「毎年、文化祭って何かサプライズが起こるじゃないですか。ゲリラライブとか、教師を馬鹿にした無断放送とか。今回はそれを全てコントロールしたいんです」

「コントロール」

静かに繰り返すと、清瀬は困ったように顔をしかめた。いや、いじわるしてるわけじゃないんだけどね。そう言おうとする前に、清瀬は言葉を継いだ。

「とにかく文化祭実行委員が担当する時間帯で、もめ事を起こさないようにしたいんですよ。仮に騒動を起こすなって釘をさしたところで、彼らはやるでしょう? なら、いっそ僕たちでコントロールして、実行委員の役目が終わる二日目の夕方まで騒動を起こさないように誘導したいんです」

あたしが手にしたハンディタイプの扇風機の風は生ぬるい。焼け石に水とはこのことだ。

「なるほどねえ。言いたいことはわかったよ」

「あり――」

「けど、騒動を起こしたくない、その理由はなに？　キミ、なんで急にそんなことを言い出すの？」

清瀬は言葉を探しているようだった。焦点のあっていない瞳は、逃げ水漂うアスファルトにあった。

「面倒ごとに巻き込まれたくないからですよ。文化祭実行委員の担当の時に何かが起こったら、僕らがまずは対応することになる。そんなのやっぱり、単純に面倒くさいじゃないですか」

清瀬は時折頷きながら、変にはきはきと言った。

……こいつ、また肝心なことを隠そうとしてるな。

「ねえ清瀬。あたしはキミの先輩だね」

「そうですね」

「それに今、キミはあたしに不穏当な頼みごとをしようとしている」

「ええ、まあ」

「つまり共犯って感じ」

「……」

「共犯者には洗いざらい話すのが、筋って思わない？」

いつの間にか俯く清瀬を横目で見て、あたしは言う。

「面倒ごとに巻き込まれたくない、っていうのは一体誰の話なわけ?」

清瀬は一瞬あたしに視線を寄越してきた。そこにはいつもの諦めと、沈黙が少しだけあって、

「……ユウを巻き込みたくないいんですよ」

と、清瀬は観念したように言った。

頭上の大きな太陽が、あたしたちをじりじりと焦がした。

「二年前の事件の時、生徒側で一番大変だったのって、当時の文化祭実行委員長だったたって聞きましたよ。文化祭が終わった後、責任者として毎日のように会議に参加させられたって。……ユウ、今年の文化祭実行委員長じゃないですか。そんなくだらないことに時間を浪費して欲しくないんですよ」

やっぱりそうか。

あたしはじっと清瀬を見つめた。静かで黒い瞳と、大きく動かない表情筋。清瀬が話す度、盛り上がった喉仏がこくこくと上下した。

「会議なんか行ってたら、部活の時間がなくなるでしょ。秋口は大抵、めちゃくちゃ記録が伸びますし、あいつが秋に練習行けないなんてことになったら、陸上部の損失が計り知れないんです」

確かに、今年の陸上部は過去最高といっていい人材が集まっている。特に短距離勢は、公立の高校によくここまで集まったと、他校に驚かれるほどだ。陸上部の副部長として、清瀬も色々考えるところがあるんだろう。

うん、これは嘘を言ってなさそう。

「ま、そうだと思ったけどさ」

あたしはそっと息を吐いた。「で、あたしにそれを言ったのはなんで？」

清瀬は後頭部に手をやって、相好を崩した。

「いやあ、僕だけじゃ、どうしていいか分からないんで」

「それをあたしに考えろと」

「佐竹先輩しか頼れる人がいないんですよ」

「丸投げじゃない、それ」

強く言い捨てるけど、もちろん本当に気分が悪くなったわけじゃない。清瀬もそういうあたしの性格をよく知っていて、別にフォローをしたりしなかった。小さい頃からの仲だからね、一応。

青信号が点滅し、二人の足は止まる。あたしは言った。

「でもコントロールするって言ってもねえ。簡単じゃないよ、多分」

「一応、今考えてる案はあります」

「何？」

「何かしでかしそうな団体に目星をつけて、後夜祭でやってもらうように誘導したいな、と」

「なるほど、後夜祭は生徒会の所掌だもんね。そこなら文化祭実行委員の責任じゃなくなるのか。で、何かしそうな団体っていうと、軽音学部、放送部、あとは……」

「自然科学部もですね。その三つは今年も何かしようとしてるみたいです。とりあえず彼らを何とかしたい」

「簡単に言うね。困った後輩だわ」

「サプライズをするのは主に三年生でしょうし、佐竹先輩の顔で交渉できないですかね？」

信号が青に変わり、また歩き出した。道路側を歩く清瀬のすぐわきを、原付がすごい勢いで駆け抜ける。清瀬はあたしの歩幅にあわせて歩いてくれる。

「あの子ら、結構くせがあるからなあ。……ま、納得するメリットを提示できれば何とかなるかもね。去年、かなり消化不良で終わったはずだし。軽音の演奏も、途中で止められたしさ」

「メリット、ですか」

「うん。とりあえず好き勝手にやっていい場所を提供できたら、案外上手く行くかも。例えば、ソフトボール場でゲリラライブをやらせるのはどう？　あそこ四辺フェンスで囲まれてるし、ちょっとグラウンドより高くなってるじゃない？　教師も観客も乱入しにくいでしょ」

「いいですね、それ。文化祭の道具の一時保管場所ってことでソフトボール場を押さえたら、機材置いてても不自然じゃないでしょう。押さえときます」

「軽音だし、派手な曲がいいよね」

「はい。そこらへんは僕が軽音に言っときますよ。曲は……」

何かを言いかけて、飲み込んだ。なんだろうと思う前に、問われてしまった。「自然科学部は、どうしましょう？」

「自然科学部は部長が榊だしねえ。なんか提案したらすぐ食いついてくるよ」

「なるほど。なら、花火でもやってもらいましょうか。せっかく夜ですし、川もすぐ側にありますし」

……花火か。

「……それいいねえ。絶対しようよ。あと放送部ね。放送部は音源を全般対応しているみたいだから、裏方で協力してもらおっか。ラジオＤＪ形式で演奏を進めてもらうのもいいのかな。知り合いがいるし、頼んでみるよ」

「なんかプロデューサーみたいですね、先輩」

「あんたがやらせたんでしょうが！」

冗談を挟みながら、清瀬と言葉を交わす。すらすらと決まっていって、駅のホームに着いた頃には、あとは根回しをするだけということになっていた。

「さすがですね、佐竹先輩」

清瀬は心の底からそう言ったようだった。買いかぶりすぎだってば、と言うと清瀬はいやいや僕なんて、と変に強弁した。そう、こいつはいつも他者を高く持ち上げすぎるし、自分を低く評価したがる。清瀬の場合、謙遜じゃなくて本当に自分を下だと思っているのが歯がゆい。

「頭の回転が速いの、羨ましいです」

「やめてよ、ほんとに。誰とでもこうやってすんなりいくわけじゃないんだし」

ホームには屋根の隙間から、日が差し込んでいた。同じ制服を着た生徒で込み合っている片隅の日陰で、壁に背を預ける。アスファルトの焦げ付く匂いと、制汗剤が混じった香りがした。

ありがとうございます、と言う清瀬にあたしはぽつりと呟く。

「お礼なんていいからさ。ねえ、これ、もちろん私にもなにか恩恵があるんだよね」

「え」

「そりゃもちろんあるわよねえ。受験生には、結構面倒なことよ？」

にっこりと笑ってみせる。清瀬が口の中で何か言っているうちに、あたしは勝手に話を進めた。

「じゃあ一つだけ。もしこれがうまくいったら教えてほしいことがあるんだけど——」

また花火が一つ打ち上がった。

一曲目が無事終わったらしい。生徒を煽るＤＪの声が響いている。暗くなった校舎、明かりの付いていない教室にはあたしと清瀬の二人だけがいる。

あの日以降、時間を見つけて各団体と交渉を重ねた。みんな何かをしたくてうずうずしてたから賛同してくれたけど、細かい話をつめるのはなかなか大変だった。そこは文化祭予算をこっそり上げたり、備品の貸し出しを融通したりして、何とか話をつけていった。

この花火はそうした苦労を洗い流してくれているみたいだ。洗い流されてさっぱりしたら、思い出した。

そうだ。あたしには聞くべきことがある。

あたしは窓際に佇んだまま、

「ねえ清瀬――」

「そういえば」

しかし、それを清瀬が遮った。そういえば、と彼は繰り返す。

「市ヶ谷先輩がしてたポスターの話ですけど。もしかして佐竹先輩、もっと前から尾崎先生が犯人だったって、分かってたんじゃないですか?」

「え。ああ、あれ。どうして?」

「一日目の朝にポスターの話になったあと、すぐに尾崎先生のところに行って何か聞いてたから。それに、なんというか、市ヶ谷先輩に分かって、佐竹先輩に分からないってのはないかなあと思って」

「んー、まあ、うん。何となく分かってたよ」

「どうしてですか？」

そんなこと、今はどうだっていいのに。一応口を開くけど、大儀そうな口ぶりになっていた感は否めない。「だって最初にあのポスター見たとき、変だなって思ったのよ。標語が二年前と違うんだもん」

「標語が違う？」

清瀬はよく理解できていないようだった。あたしは座ったまま身体を伸ばして、机の上にある薄い冊子を手に取った。机上を滑らせて清瀬に放る。

「これ『来学者の方へ』ですか？　学外者用のパンフレットですよね」

「それ見てみなよ。いや校長の言葉とかどうでもいいから、その次、三ページ目。過去の標語の一覧が載ってるでしょ。二年前の標語も」

「……えっと。ビーユアセルフ、ですよね。ポスターと同じ」

「ちゃんと見てみなよ。その後に付いてるでしょ」

何かに気が付いたように、清瀬は息をのんだ。

「なるほど。『ＢＥ　ＹＯＵＲＳＥＬＦ！』……エクスクラメーションマークがついてますね」

「そ。びっくりマークがあるのよね、本当は。けど今年貼ってあったポスターには無かった。切り取られてたのよ。ポスターの右端の数センチ分が。その分、ポスターの折り目もずれてたしさ」

清瀬は不可解そうに腕を組んだ。

「でも、何を切り取ったんでしょうね」

「何だと思う？」

清瀬ならすぐに思いつくだろう。

清瀬は少し視線を天井に泳がせていたが、案の定、

「思いつくのは、画鋲……いや、パンチの穴、ですかね」

と、すぐに答えを出した。

「だとあたしも思ったの。画鋲は、うーん、どうかな。左端に穴は見あたらないし、パンチじゃないかな。これは誰かがパンチで穴を開けて、資料として綴じてたものなんじゃないかなあ、ってね」

「『資料として残してるのは学校だろうから犯人は先生だ』ってことですか？　でも、歴代のポスターをファイリングしてる部活とか、ありそうですけど」

「そうかもね。あたしも昨日の朝、尾崎先生から聞いた段階では、そこまで想像してた。……ただ、今回はもう少し絞られるの。Ａ３横長の用紙の右端に穴が開いてんのよ？　変じゃない？　普通横書きのものを綴じるのって、左開きのファイルに綴じるでしょ。なら、ポスターは左側に穴が空いてないといけない。けどあえて右側に穴を開けた」

あたしの言葉で、清瀬は手元に目を落とした。あるのはもちろん、さっきあたしが渡したパンフレットだ。

ああ、と感心したように清瀬は呟いた。

「『来学者の方へ』も一緒に綴じてたんですね」

そのとおり。

これは縦書きだから、右端を綴じることになる。ポスターも同じファイルに綴じたから、おそらく右端に穴を開けることになったのだ。「来学者の方へ」は、普通生徒は持っていない。だと

すると、ファイルは学校側が保管していたことが推測される。

清瀬の理解が早くて、あたしの口調は滑らかになる。

「で、尾崎先生が右開きのチューブファイルを抱えてたから、それに挟んでいたんじゃないかってね。……まあ、パンチの穴をわざわざ切り取ったからには、そこにポスターを貼った人を特定できる何かがあるからだ、とは想像してたけど」

「そこまで分かってて、『ポスターを貼った人物がいないか聞き込みをしよう』っていう僕の提案を呑んでくれたんですね」

「昨日の朝の時点では、尾崎先生が嘘をついてるってことまでは分かってなかったよ……。ただ昨日のキミの提案は、犯人を見つけるためじゃなくて、単純に目を逸らすのが目的だったでしょ？」

清瀬のシルエットが大きく伸びをした。そうですね、とゆっくりと頷く。

「あの話の流れじゃ、文化祭実行委員として何もしないって選択肢はなかった。かといって、アバウトに『何か生徒が変なことをしてなかったか』なんて大勢で聞き込みなんかしたら、僕たちのこのゲリラライブの企画がどこかでバレちゃうかもしれない。『ポスターを貼った犯人は誰か』っていう犯人像を絞った聞き込みの仕方なら、むしろこの企画から目が逸らせる方向に持っていけるかなあって」

清瀬らしいな、となんだか嬉しくなる。清瀬はいつも卑下するけど、まず全体のことを考えようとするこの姿勢は、十分褒められるべきものだと思う。気が付かない人が多いみたいだけど。のぞみちゃんとか、清瀬のことをあからさまに嫌ってそうだ。

「市ヶ谷先輩を僕ら側に巻き込むってのも、一瞬考えたんですけどね」

清瀬は苦々しい顔で言った。清瀬もまた、のぞみちゃんのことが苦手なようだった。

「あのね。清瀬が思ってるより、あの子はいい子だよ」

清瀬は柔らかく頭を振った。とても優しい所作だった。

「市ヶ谷先輩のことは嫌いじゃないんですよ。……ただ、こう、むず痒さを覚えただけなんです。中学生の頃の自分の言動を思い起こすみたいな感じで」

「どういうこと？」

「理想の自分が今いる自分の目の前にあって、まるで本当にそうなれるんだって信じているみたいな」

「……」

清瀬と話していると上手く言葉が出てこなくなるときがあるのは、なんでだろう。

哀しい？　違う。切ない？　近いけど、そうじゃない。

ただただ、胸が締め付けられる。

続ける清瀬の声には、感情が見えない。

「さっきのポスターの件も堂々と語ってましたけど、要は『市ヶ谷先輩の聞き込みの仕方が上手じゃなかった』っていう、それ以上でも以下でもないでしょう。どこに設置された掲示板の話か尋ねるのを怠っただけのことで。少し大げさじゃないかな、と思っただけなんです。文化祭だからって、そんなに肩の力を入れなくてもいいのにって」

「……のぞみちゃんはいつだって頼られたいんだよ。頼られてる自分でありたい」

「ビーユアセルフ、ですか」

今度の花火は、ぱらぱらと音を立てて消えていくものだった。開け放した窓から風が吹き込んで、日に焼けたカーテンの裾が夜の校舎に泳いだ。

胸の奥に、秋の夜の空気が入り込んだ。

とても冷たく、痛かった。

「自分らしくって、なんだか息苦しいですよね」

ぽつりと光って、すぐに暗闇の中に落ちる。

花火のように儚い口調に、やっぱりあたしは上手く言葉を発することができなかった。

「……そうかな。良い言葉じゃない？」

何かを言わなくては、と思って、ようやくそんな風なことを言う。「自分らしくって言葉、あたしも嫌いじゃないよ」

清瀬は外を眺めているけど、その視線は花火にあるのではないようだった。目でおえないほどずっと遠く、あるいは目を凝らしても見えないほどずっと近くに、焦点があった。

「僕も嫌いじゃないです。ただ、息苦しいときがあるんですよ。例えば、自分の臓器でさえ、免許証の後ろにボールペンで丸を書くだけで受け渡しができる。これって自分は他人と代替可能ってことだ、って思ったりするんです」

「もしかしたら、そうなのかもね」

「思考だって同じじゃないかな、とも思うんです。ネットには自分と似た考えなんていくらだってある。これこそが自分の考えだ、って言い張れる、オリジナルなものなんてどこにもない」

「……」

「臓器や思考でさえ、自分だけのものなんてない。『自分』なんてあるはずがないのに、『自分らしくあれ』って言われても、こう、困っちゃうじゃないですか」

一瞬、間が空いた。その隙間を埋めるように、季節外れの花火が弱弱しく弾ける。最後の曲目が始まっていた。今度は日本のバンドの曲だった。清瀬がリクエストしたのだろうか、などと頭の隅で考えている。

そんなに難しいことかな、とあたしは髪を右耳にかけた。

「例えば、今の自分を変えたくて髪を染めることだってあるかもしれないよ？　親の求める像に自分を近づけようと努力することだってそう。そういうのは多分、自分を探してもがいてるんだよ。そうやってしっくりくる自分の立ち位置を見つけることが『自分らしさ』ってことで、ひとまずはいいんじゃないかな」

清瀬は無言で、先を促してくる。

「多分、のぞみちゃんにとっては、『友人が多くて、誰からも頼られる自分でいる』ってことが、自分らしさなんだと思う。……あんたはそれを『自分の居心地のいい場所が欲しいだけ』って言うのかもしれないけどさ」

不自然な間があって、すぐに明るい声が届いた。別に笑いたいわけではないけど、笑わないわけにはいかない。そんな乾いた音だった。

「……そうですね。僕が気にしてただけの話でした。すみません、なんかくだらないこと言っちゃって」

「いやいや」

あたしは強く否定する。せっかく整えた髪が乱れるけど、そんなこと今はどうだっていい。

「そんなことない。キミ、自分の考えとか、あんまり言わないからさ。聞けて嬉しかった。本当に嬉しかったよ」

「文化祭の空気のせいですね。市ヶ谷先輩みたいに、僕もあてられてるんですね。大げさなことを言っちゃいました」

「大げさじゃないよ。たまには真剣な話もしないとさ。特にキミはそうだよ。いつも何かを押し殺してる風に見える」

「なんですか、急に。恥ずかしいんでやめましょう。もう、僕のさっきの話は忘れてください」

清瀬が笑い声をあげる。夜の空気がひび割れた。

「ねえ清瀬」

「なんですか？」

「どうしてそこまでユウ君に拘るの？」

花火が二つ、連続で上がった。まるでフライングの時みたいに。

フライング？　まさか。ずっと聞きたいと思っていたことだ。背筋を伸ばして、まっすぐ清瀬に向き直る。

どうして清瀬はユウ君に拘るのか。

「少なくともあたしが知っている中学生の頃までの清瀬は、普通の友達って間柄だった。もちろん仲は良かったけど、ユウ君が面倒を被らないようにするために、率先して自分が汚れ役になるなんて。むしろどちらかというと、ユウ君をライバル視してたでしょ」

あたしと清瀬とユウ君は、小さい頃からおさななじみで同じ学校だった。清瀬とユウ君は小学校の頃は「親友」、中学生になるとそこに「ライバル」という関係も加わったと思う。清瀬とユウ君は陸上部では同じ種目で、いつも競い合っていた。やがてユウ君がめきめき頭角を現してきたけど、それでも清瀬は自主練をして必死にくらいつこうとしていた。そこには肩を並べた者同士のリスペクトがあった。

少なくとも今みたいに、ユウ君に内緒で彼をこっそり補佐する、というポジションではなかったはずだ。

「別に僕は」

と清瀬は否定するけど、私は追及した。

「中学の時、何かあったの？」

「何もないですよ」

「ちなつちゃんがいじめられてて、それをあんたが色々やって庇おうとした。それに関係がある？」

誤魔化そうとした清瀬だったけど、そう尋ねると口を閉ざしてしまった。

やっぱりそうなんだ、とあたしは確信する。中学生の頃、清瀬とユウ君がよく話していた女の子で、ちなつちゃんという子がいた。彼女がちょっとしたことでクラスで孤立し、清瀬がそれをとりなそうとした、という事情をあたしは知っていた。

花火の音が、波打ち際のように打ち寄せては引いていく。その度にグラウンドから元気のいい歓声が上がった。

反対に、この部屋の秋の夜の空気は張りつめている。

ふ、と清瀬は音のない息を吐いた。

「……時々佐竹先輩のことが怖くなりますよ。ちなつのいじめについて何か知ってるんだとは思ってましたけど。なんで僕のやったことまで、知ってるんですか」

「それはまあ……夏休みに中学に行ったとき、偶然耳にしただけだよ」

そうですか、と清瀬は低く笑った。いつもの自嘲を含んだ笑い声。そう、笑い方だって、こうじゃなかった。

いつからこんなに哀しそうに笑うようになったのだろう。

清瀬はとつとつと言葉を並べた。

「中学三年の合唱コンクールのことです。ちなつがいじめられてて、僕はそれを何とかとりなそうとしたけど、上手くいかなかった。ちなつは、毎日唇を噛みしめて登校してましたよ」

「みたいだね。ちなつちゃん、相当しんどい立場だったって」

「そんなちなつを救ったのは、ユウだった。ユウがそれまで通りちなつと接して、ちなつがどれほど楽になったか」

「ユウ君の優しさはそりゃ、すごいけどさ。別にキミだって、色々やってたわけだし」

「……そうですね、色々やりました」

清瀬の声色は一定で、やっぱりあたしの求めるものではなかった。

「……ちなつのことがある程度落ち着いてから、ユウに言ったことがあるんですよ。『お前の優しさのおかげで、ちなつも元気になったな』って。そしたらあいつ、なんて言ったと思います？」

「なんて言ったの？」

「心底驚いて『え、おれはなにもやってないよ』って」

清瀬が組んでいる腕に、力を入れたのがわかった。

「『なにもやってない』んですよ、ユウからすると。可哀そうな友人を助けようとか、そのために裏で色々とりなしてやろうとか、そんな打算的なものがない。ユウの行動には雑味がない」

自分はいろいろやったのに、とまでは口に出さなかった。噛み殺した素振りさえないけど、きっとそういうことだろう。

聞きながら、思い出していた。

のぞみちゃんがユウ君を好きだと話してくれた時、「根源的な優しさがある」と言った。その時、あたしもなるほどと納得したのだ。ただの優しさではない。根源的とは言いえて妙だ、と。

それを清瀬の言葉で表すと、「雑味がない」ということになるのだろう。

大したことじゃない、と矮小化するのは簡単だった。誰が誰の助けになるなんて、そんなの運みたいな要素もある。気にしすぎだ、と。

もし自分が清瀬の立場だったら、と思う。

いじめられている友人を助けてあげたいと考えて色々行動した結果、結局その子を救えなかった。その子を救ったのは自分の幼馴染で、彼は必死に策を弄した自分とは対照的に「何もしていないよ」とあっけらかんと笑う。

なんて自分は小賢しい人間だろう、そう思わないでいられるだろうか?

ね、と清瀬は意図的に声を高くしたようだった。あたしのことを思って、元気にふるまおうとしたのだろう。

「そんなすごい奴が、僕の幼馴染なんですよ。それに勝とうとするなんてばかみたいだなあって。自分にできることといえば、すごい奴をすごいままでいさせることくらいなんだろうって、ユウの裏方でいることくらいなんだろうって、そう思ったんですよ」

グラウンドの声は楽し気で、きらきらしていた。青春の色って、きっとこんななんだろうな。目の前の男の子には、そんな色はちっとも見えない。

それがどうしても、もどかしくて。

「……ねえ、清瀬」

祭りが終わりつつある校舎の薄暗い部屋の隅っこで、不自然に笑う。そんなこと、しなくったっていい。

あたしが見たいのは、清瀬のそんな顔じゃない。

「キミはキミだよ。それでいいじゃない」

清瀬は応えなかった。歓声が大きくなりつつある。あたしは視線だけ、窓の外に向ける。もう演奏も終わりに近い。これが終われば、本当に、あたしの高校生活最後の行事はおしまいだ。

暗いガラスには、不安げな自分の顔がうつっていた。その後ろには、清瀬の姿があった。

これでおしまい？

いや、まだだ。まだ終わりではない。

決心するために、鋭く息を吐いた。

「あたしの昔の話も、聞いてくれる？」

声は細く、低く、二人きりの部屋を低回する。

「あたしには、一つ年下の幼馴染がいてね。あたしは昔から、そいつの得意げな鼻面を叩きおるのが好きだったの。ほんと、意地悪い趣味だよねえ。うん、実際昔のあたしって、性格悪かったと思う。今はいいなんて、口が裂けてもいえないけど。あはは。

でね。

いつの頃からか、そいつの鼻面をへし折ることもなくなったの。そいつがいつの間にか、得意げな顔をすることがなくなったから。それで気づいた。あたし、そいつの得意げな顔を見るのが好きだったんだな、って」

何かが溢れてきそうで、顔を上げる。声がわずかに高くなった。

「そいつはさあ、友達のくだらない頼みごととか、教師の完全な責任転嫁とかも、全部引き受けようとしちゃうの。けどそんなことも、そいつ、中途半端に器用だからさ。スマートに解決できなくても、努力してなんとか解決しちゃうのよ。でもそんな泥臭い姿絶対に見せなくて、そうやって最後に見せる得意げな表情を見るのが、あたしは好きだった。そういう努力を、自分がしたことがなかったから。……だから、ずっと見るようになって、それで」

花火が間髪を容れず打ち上がる。ボーカルのかすれた叫び声。

——最後の、最後の——。

「ね、清瀬。聞いたことある？　文化祭と花火の、つまんない噂話。打ち上がった花火に一番近い場所で告白したら、それは絶対成功するんだって。ほんと、ありふれてるよね」

——最後の、最後の、花火が、終わったら——。

「ちなみにさ、今花火から一番近い場所って、学校の中でどこだと思う？」

——ぼくらは、変わるかな——。

「ここだよ。東棟の最上階一番北側、艮の方角の、この部屋」

スカートが風で揺れた。

優しい秋風だった。

胸が苦しい。

引き絞るように、

「好きなの、清瀬のことが」

花火が開く。

最後の花火。

あたしの高校生活最後の文化祭、その終わりを告げる花火。

「こんな噂を真に受けるなんて、ほんとみっともないよね。でも、そんなものに頼りたくなるほど、あたしは」

言葉が出なくなる。

震える肺で深呼吸をして、

「……ねえ、清瀬は自分を低く見積もりすぎてるよ。いくらキミが自分を卑下しようとも、誰かのために泥臭く何でも引き受けちゃう清瀬が、あたしは好きなんだよ」

後奏に入って、しばらく楽器の音だけが夜の校舎に響く。同時に歓声も一際大きくなった。

何かを思った。

真っ暗闇の中に打ち上がって、すぐに消える。

そんな、何か。

「――……」

清瀬が口を開いた。噛みしめるように、繰り返して答えた。

しかしそれはすぐに、七百人分の拍手と歓声にかき消された。指笛の音も交じって、まるで何かを祝福しているよう。

しばらくして、清瀬が居心地悪そうに、椅子から腰を浮かせた音がした。

歩み寄ってきて、ぼそぼそとあたしに問いかける。

「……急なことでびっくりしちゃったんですけど、もしかして僕の答えも予想通りだったんですか？」

「……」

こいつ、やっぱりあたしのこと勘違いしてる。

あたしはそんなに飄々と生きられていないし、思ったほど頭もよくないし、好きな子に告白してイエスを貰って頭が真っ白になる、普通の女子高生なのだ。

バカ、と短く言葉を発するので、精一杯だった。

「だったら、こうやって泣いてるわけ、ないじゃない」

エピローグ――文化祭後夜

＊市ヶ谷のぞみ＊　午後六時五十五分

私は一人、ぼんやりと校舎の三階を歩いていた。

ぐるぐると、先ほど聞こえた会話が頭の中を巡る。

あの花火やゲリラライブを、実は清瀬君と佐竹が裏で取り仕切っていたこと。清瀬君が親友である藤堂君のために、その計画をたてたこと。普段は飄々としている佐竹の、清瀬君への素直な想い。それから、清瀬君の答え。

ふと、私以外の足音がして立ち止まった。どこからだろう。夜の校舎は妙に反響して、音の出所が分からない。

階段？

思わず近くのロッカーの陰に身を隠した。別に何も悪いことをしているわけじゃないんだけど。

私が身体を隠してすぐ、階段から生徒が一人降りてきた。背格好で女子生徒だと分かる。すれ違う時に、髪留めがきらりと光った。彼女はふふ、と嬉しそうな声を漏らし、去っていった。

誰だろう。というか、三階の階段を降りてきたってことは、さっきの子、屋上にいたんだ。どうやって？　なんのために？

すぐ後、もう一つ軽やかな靴音が響いた。そのシルエットで、誰だかすぐに分かった。

藤堂君は屋上から降りてくると、私の隠れたロッカーの側でしばらく立ち止まっていた。漏れる光から、スマートフォンを操作しているのが分かる。

その間にもう一つ、足音が近づいてきた。今度は落ち着いた、ゆったりとした歩き方。中庭の照明で照らされたのは、清瀬君の笑みだった。例の薄い微笑み。

清瀬君はゆっくりと藤堂君に近づいた。藤堂君は歩み寄ってきたのが清瀬君だと分かると、右手を前に出し拳を作った。ちゃりん、と金属が触れ合う音がした。藤堂君が清瀬君に鍵を渡したようだった。多分、屋上の鍵だろう。

「ありがとな」

と、藤堂君は言った。

「全然。ユウこそ、成功して良かったな」

と、清瀬君が答えた。

成功した？

何が？

混乱した頭に、先ほどの情景がめぐる。

屋上から降りてきた女の子と藤堂君。髪留めの女の子の嬉しそうな声。そして満足げな藤堂君の背中。

一体、何が『成功して良かった』のか？

——打ち上がった花火に一番近い場所で告白したら、それは絶対成功するんだって——。

佐竹はさっき「東棟の最上階である文化祭実行委員室がそうだ」と言っていた。

……違う。そうじゃない。

この学校で一番花火に近い場所は、そこじゃない。

屋上だ。

今、藤堂君が降りてきた、東棟の屋上だ。

心臓が口から出そうなほど、高鳴っていた。

視線はずっと、藤堂君を追いかけている。藤堂君の小柄だけとがっしりとした背中。実直そうな笑い声。大好きな大好きな藤堂君。

けど、私はもう、彼の隣にいることはできないのだと分かった。

胸の高鳴りが、徐々に喪失感へと変化していく。喪失感が抜けきってやってきたのは、ひどく冷たい沈黙だった。暗い廊下には、いつの間にか私一人だけになっていた。

無慈悲な沈黙の底で、もしかして、と私は気づく。

ここまでが、清瀬君の企図したことだったのだろうか？

藤堂君に迷惑が及ばないようにサプライズを後夜祭に誘導する、それだけじゃない。こうして屋上で藤堂君が告白する環境を作り出すこともまた、実は清瀬君の計画のうちだったのでは。花火だけじゃなく、バンドの曲目だってもしかしたら何か意味があるのかもしれない。

どれほど、そうしていただろう。

我に返ってまず思ったのは、早くグラウンドに戻らないと、ということだった。演奏はとっくに終わっている。多分、先生が生徒を整列させ、点呼を取っていることだろう。当然そこに、私はいなければならない。

けど、どうしても足が動かなかった。遅れてクラスメイトの輪に入って、軽やかに謝るのは簡単なことに思えた。「ごめんごめん」「どこ行ってたのよのぞみー」「ははは、ちょっとね」友達は穏やかな声で迎えてくれるだろうし、先生だって苦言を呈しながらも許してくれるだろう。市ヶ谷のぞみは、そういう人間だった。だから、グラウンドに戻ることにためらいはない。

なのに、どうしてかは分からないけど、足が動かなかった。グラウンドに笑いながら戻る私は、一体何が面白くて笑っているのか?

深く深呼吸をする。夜の窓ガラスに映った私の眼は人形のように見えた。窓ガラスに触れると、目の前の市ヶ谷のぞみもまた指を伸ばして私に触れた。冷たいとも思ったし、温かいとも思った。触れているのに、触れていないような気がした。どくん、と心臓が震えた。私は、何に触れていないんだろう?

私はきっと今、何かを考えなければならない、と悟った。

心の底を深く深くさらって、何かを見つけて、見つめ直して、考えなければならない。

今そうしないと、一夜漬けのテスト勉強のようにすぐに忘れてしまうような気がした。心に留めないと、必死につかもうと手を伸ばさないと、きっと手遅れになる。

「……」

佐竹には佐竹の文化祭、清瀬君には清瀬君の文化祭があった。

他の生徒にも、きっとそれぞれの文化祭があったんだろう。ある子は声を嗄らし歌い、ある子は過去に向き合い、ある子は心中を打ち明けることになったかもしれない。そうして必死に自分らしさを求めて手を伸ばしたはずだ。

私の、市ヶ谷のぞみの文化祭は――。

難しい試験問題に向き合った時と同じ心境だった。問題文の字面は分かる。けど、説問の趣旨と解に向かう工程が全く想像できない。もう時間がないのに、何度も何度も問題文だけを読んでいる。そんな焦燥感だけが募る。

私は何を探し求めればいいのか？

まだその時間は残されているのだろうか？

嵐のように渦巻く思考を、校内放送が試験終了のチャイムのように遮った。

「三年三組、市ヶ谷のぞみさん。文化祭は終了しました。今すぐグラウンドへ来なさい」

本書は書き下ろしです。

藤つかさ●ふじつかさ

1992年兵庫県生まれ、大阪府在住。2020年に「見えない意図」(単行本収録時に「その意図は見えなくて」に改題)で第42回小説推理新人賞を受賞。受賞作を含む短編集『その意図は見えなくて』でデビュー。

まだ終《お》わらないで、文化祭《ぶんかさい》

2023年11月25日　第1刷発行

著　者—— 藤つかさ

発行者—— 箕浦克史

発行所—— 株式会社双葉社

東京都新宿区東五軒町3-28　郵便番号162-8540
電話03(5261)4818〔営業部〕
03(5261)4831〔編集部〕
http://www.futabasha.co.jp/
(双葉社の書籍・コミック・ムックが買えます)

DTP製版——株式会社ビーワークス

印刷所—— 大日本印刷株式会社

製本所—— 株式会社若林製本工場

カバー印刷—— 株式会社大熊整美堂

落丁・乱丁の場合は送料双葉社負担でお取り替えいたします。
「製作部」あてにお送りください。
ただし、古書店で購入したものについてはお取り替えできません。
[電話] 03-5261-4822 (製作部)

定価はカバーに表示してあります。

JASRAC 出 2307977-301

ISBN978-4-575-24696-4 C0093